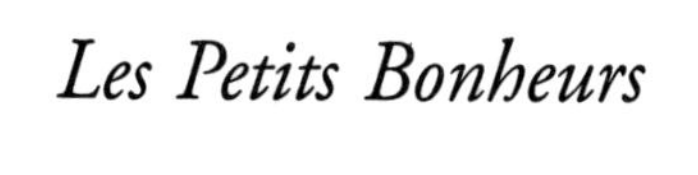
Les Petits Bonheurs

Bernard Clavel

Les Petits Bonheurs

Albin Michel

IL A ÉTÉ TIRÉ DE CET OUVRAGE
TRENTE EXEMPLAIRES
SUR VÉLIN CUVE PUR FIL DE RIVES
DONT VINGT NUMÉROTÉS DE 1 À 20
ET DIX, HORS COMMERCE,
NUMÉROTÉS DE I À X

22, rue Huyghens, 75014 Paris

ISBN broché 2-226-10914-5
ISBN luxe 2-226-10929-3

À la mémoire de tous les êtres
qui ont illuminé ma jeunesse

B.C.

« C'EST la récompense de l'esprit tranquille et heureux que de pouvoir évoquer les instants passés de son existence. Mais l'âme des besogneux est incapable de regarder en arrière. Leur vie a, pour ainsi dire, disparu dans les profondeurs. »

Je n'espère pas arriver à la sagesse parfaite de Sénèque ni au calme qu'il montra devant la mort, mais à l'heure où j'entrouvre la porte sur mes jeunes années, j'aimerais avoir assez de forces pour pouvoir, comme il le conseillait, faire en sorte que mon esprit souvent « tourmenté d'inquiètes pensées puisse s'affirmer et trouver la stabilité et le repos ».

Regardant les humbles qui ont éclairé mon enfance, j'ai parfois l'impression que, sans avoir jamais lu les sages, ils avaient su puiser dans leur vie rude et leurs travaux une sérénité qui, bien souvent, m'a fait défaut et qui manque à un grand nombre de nos contemporains. Et surtout à ces « besogneux » dont le passé n'est fait que d'une recherche de fortune qui ne sera jamais une vraie richesse.

MES parents sont morts alors que je m'éloignais à peine de mon adolescence. En même temps qu'eux, s'éteignait pour moi une certaine forme de bonheur qu'il ne m'a jamais été donné de retrouver.

Et si je décide aujourd'hui de feuilleter ces souvenirs, c'est dans l'espoir égoïste – probablement un peu vain – d'en respirer le parfum fané en me racontant ces petits bonheurs de rien du tout dont je ne savais pas, à l'époque, qu'ils allaient imprimer en moi une marque indélébile.

Durant des années, j'ai un peu voulu les oublier. Comme si j'avais alors redouté que leur modestie ne me suive à la trace. Or, j'ai découvert depuis longtemps que ce que je prenais pour de la pauvreté est une immense richesse.

C'est ce bien infiniment précieux que j'éprouve aujourd'hui le besoin de retrouver pour le partager.

NOUS habitions la ville. Une toute petite maison au fond d'un vaste jardin qui nous séparait d'une rue où passaient encore plus d'attelages que de voitures à moteur.

À la belle saison, nous vivions sans lumière. On veillait dehors, sur des bancs où des voisins venaient parfois bavarder jusqu'au moment où mon père se levait en annonçant :

– Bon ! Moi, je vais monter.

C'était une manière polie de signifier aux bavards que l'heure était venue de rendre le jardin au silence de la nuit. Et ces gens, qui savaient que mon père serait debout bien avant eux, le faisaient de bonne grâce.

Nous allions nous coucher à tâtons. Mon père restait le dernier pour fermer la porte, ma mère montait la première et je m'accrochais à ses jupes dans l'escalier obscur. Les marches craquaient. Derrière moi, la main de mon père avançait lentement sur la rampe de bois où sa paume calleuse faisait un bruit de râpe. Les volets de la chambre demeuraient grands ouverts, et, même par les nuits les plus noires, on y voyait assez pour se dévêtir et se couler entre les draps. Notre œil était familier de la nuit.

En hiver, à mon retour de l'école, je trouvais la cuisine plongée dans la pénombre. Seule la grille du foyer vivait, éclairant un rectangle de plancher. Au plafond, un minuscule confetti de feu dansait, venu des cercles de la grosse cuisinière. La bouillotte chantait. S'il y avait de la neige, le profil de mon père, assis devant la fenêtre, se détachait en ombre chinoise. Dès que j'avais refermé la porte au nez de la bise qui gémissait pour entrer, mes parents se levaient de leur chaise. Mon père tirait les volets. Ma mère allumait la suspension.

Alors, la cuisine se mettait à vivre. Seule pièce éclairée et chauffée de la maison, elle était comme un îlot tiède au cœur de l'hiver.

Une vie dans une autre vie qui nous était étrangère.

Lorsqu'il fallait aller chercher quelque chose dans l'armoire de la chambre ou le buffet de la salle à manger, nous prenions la lampe Pigeon. Ainsi, ce petit objet de cuivre surmonté d'un verre sphérique était-il le compagnon de toutes nos expéditions nocturnes. Porté à bout de bras, il nous précédait partout, tirant de l'ombre des meubles et des objets qui n'avaient plus leur visage du grand jour.

À la lumière électrique, une pièce est immobile, ce qui est inanimé y demeure sans vie. Avec une lampe Pigeon, tout change.

Notre salle à manger devenait, à la nuit close, un univers terrifiant. J'en avais peur, mais il m'attirait. La lampe Pigeon posée sur la table n'éclairait jamais certains recoins d'où pouvaient bondir des ogres, des loups ou des monstres. Lorsque j'ouvrais un tiroir, je devais y fouiller à l'aveuglette et mes mains partaient à la découverte d'un monde où il fallait tout deviner. Le bois des vieilles portes grimaçait de toutes ses veines, furieux d'être tiré de son sommeil. Tout était froid, souvent humide, mais il y avait là une présence que je n'ai retrouvée nulle part ailleurs.

La veillée ne se prolongeait jamais au-delà des devoirs faits et des leçons apprises, mais mon père avait rarement la patience de nous attendre. Il allumait de nouveau la lampe Pigeon et montait se coucher. Ma mère l'accompagnait pour redescendre la lampe.

Quand nous montions à notre tour, le père dormait, le bonnet de coton enfoncé jusqu'aux sourcils, le visage émergeant à peine de l'oreiller.

Lorsqu'il tomba malade, pour la première fois de sa vie, à près de soixante ans, on dut laisser la lampe allumée toute la nuit. Posée sur un petit pétrin qui séparait du mien le lit de mes parents, elle brûlait en tremblotant, noircissant peu à peu le rebord de son verre.

Cette maladie de mon père allait me conduire à une découverte extrêmement intéressante. Un jour que ma mère avait dû se rendre en ville pour acheter du sirop des Vosges, sans doute guidé par cet instinct qui pousse les grands explorateurs vers des îles au trésor, je m'habillai comme pour sortir et je me rendis dans la salle à manger. Outre un buffet deux corps dont les vitres étaient décorées d'iris violets peints par ma tante Léa, se trouvait là une énorme armoire qui contenait toute la garde-robe de mes parents. Je savais que dans le bas de ce meuble étaient entassées des vieilleries dont on m'avait toujours dit qu'elles n'étaient pas pour les enfants. C'est là, bien entendu, que je me mis à fouiller. Que de richesses ! Une énorme lanterne de voiture. Une autre plus petite avec des vitres rouges. Un casque de la guerre de 14 tout cabossé. Une longue-vue de marine. Un képi bleu du 44. Et, tout au fond : des armes. Des vraies. Pas des bricoles de panoplie !

Le sabre de cavalerie devait bien peser deux kilos et je ne parvins pas à le tirer de son fourreau. Mais je pus sortir une épée moins impressionnante. J'étais tellement ébloui par ma découverte que j'en oubliai l'heure. Quand ma mère rentra, quelques mots suffirent à me ramener sur terre.

L'armoire fut fermée à clef.

Il ne me restait plus qu'à trouver la clef, et je savais bien que cette recherche ne me prendrait pas très longtemps. Mais j'étais triste surtout parce que ma mère me fit honte en me reprochant de m'être amusé et d'avoir laissé s'éteindre le feu dans la chambre. Car un voisin était venu y installer un petit Mirus où ma mère enfournait des bûches jour et nuit. Mon père se lamentait pour sa provision de bois, et ma mère s'inquiétait surtout de la lampe Pigeon dont la lumière m'empêchait de dormir. En réalité, je luttais contre le sommeil. J'écoutais et je regardais vivre cette pièce qui, jamais encore, n'avait été chauffée.

Quand mon père toussait trop fort, la flamme vacillait. Les murs couverts de givre étincelaient. Une houle d'ombres courait au plafond où elle dessinait des cercles pareils à ceux que forment les cailloux en crevant une eau endormie.

Il fallut à mon père un bon mois pour triompher de cette congestion pulmonaire et des médicaments dont il affirmait qu'ils ruinaient sa santé et son porte-monnaie.

Durant tout ce temps, je restai à l'affût d'une chose qui ne vint jamais. Une chose sans visage et sans nom, que la clarté indécise de la lampe et la vague lueur du feu à travers les micas noircis semblaient se disputer. Finalement, elles la repoussaient aux limites fluctuantes et impalpables de la nuit tapie dans tous les recoins de la pièce.

JE viens de m'arrêter un instant d'écrire parce que la nuit tombe et que je dois « faire de la lumière ». Celle qui inonde ma table au moment où j'appuie sur un bouton frappe de profil la lampe Pigeon qui se trouve devant moi. Et j'éprouve comme un malaise à voir cette lampe subir une lumière anachronique, trop froide, trop immobile et trop puissante pour elle. La lampe Pigeon est faite pour sa propre flamme ou celle de son voisin d'autrefois, le feu de cheminée.

Ma mère appartenait encore vraiment au temps des lampes à mèche et des veillées de contes populaires. Elle était née près de Dole du Jura, dans le pays où Marcel Aymé devait rencontrer la Vouivre. Elle m'en parlait comme d'une vieille connaissance parce que cette héroïne de légende avait tenu une grande place dans son enfance. Sa Vouivre n'avait pas le visage que lui donna Marcel Aymé, mais elle se situait sur le même plan. Elle était bâtie de telle sorte qu'elle eût pu vivre parmi les hommes.

Ces personnages des contes devaient accompagner ma mère jusque dans notre chambre. Là, ils vivaient pour elle aussi bien que pour moi, habitants éternels de ces recoins où notre lampe Pigeon leur ménageait une pénombre mobile et douillette, à leur convenance.

LA pénombre des crépuscules a été pour moi d'une grande importance. Ma mère se plaignait souvent de ce manque de confort ; j'en ai souffert aussi car je redoutais toujours que mes camarades d'école ne viennent à découvrir que nous n'avions ni électricité ni eau sur l'évier, mais je sais aujourd'hui que c'est de ces moments-là que sourd ce qui m'a nourri et m'a permis d'écrire.

C'est sans doute aussi à ces lueurs que je dois d'avoir contemplé avec tant d'émotion un vieux livre de comptes où des générations d'enfants avaient collé des images trouvées un peu partout, découpées dans des brochures ou dans *Le Petit Journal*. Certaines racontaient la mort du général Boulanger ou l'affaire Dreyfus ; et, sous tout cela, courait l'éternelle légende : « Sommes à reporter au total des dépenses (ou au total des recettes). »

Ce livre représente toute l'iconographie de mon enfance. Il a disparu dans la vente aux enchères qui devait éparpiller le pauvre avoir de mes parents. Sans doute ne s'est-il pas vendu. Pour moi, il n'avait pas de prix. J'en ai la nostalgie, mais le temps l'a certainement embelli à tel point qu'il a beaucoup gagné à disparaître.

Je l'ai feuilleté durant des années, presque chaque soir, et c'est lui qui m'a révélé le pouvoir de la peinture. Car la peinture n'était pas absente de cet album. On appelait « image » tout ce qu'il contenait sans faire de distinction, sans remarquer que certaines de ces images étaient des chefs-d'œuvre. Ces reproductions n'étaient pas de très bonne qualité, trop de temps a passé pour que je puisse en juger vraiment. Je sais seulement qu'il y avait là *Le Portement de croix* de Jérôme Bosch et *Les Chasseurs dans la neige* de Pieter Bruegel. Ces deux reproductions ne figuraient pas sur la même page, elles n'étaient peut-être pas les seules grandes œuvres de cet album, elles ne portaient ni titre ni nom d'auteur, mais elles sont demeurées en moi.

Longtemps après je devais les retrouver ailleurs et les identifier. Je pense que sans leur long cheminement dans mon enfance, elles n'auraient jamais eu ce poids de mystère, cette richesse incommensurable qui allaient me permettre de pénétrer sans guide au cœur d'un monde qui ne m'a jamais paru étranger.

Nous n'allumions donc la lampe que très tard, et, à cela aussi je dois beaucoup, car je tiens que le crépuscule est l'heure où l'on vit le plus intensément. Il n'y a plus de véritable crépuscule dans nos villes où les feux artificiels de la nuit s'allument bien avant la fin du jour. Et, si les crépuscules sont souvent admirables, ceux où la neige recouvre la terre le sont doublement. Ils se prolongent, ils s'éternisent : reste de jour que la nuit n'ose pas envelopper.

Les autres maisons s'éclairaient bien avant la nôtre, mais leurs volets clos ne laissaient filtrer que de minuscules fentes de lumière. Ces gens que l'on sentait cachés, isolés de tout, et surtout de nous, appartenaient réellement à un monde différent du nôtre. Ils ne participaient pas à cette agonie du jour qui m'émerveillait et me serrait un peu le cœur.

C'était toujours au crépuscule, devant notre fenêtre, que je retrouvais le souvenir de cet hiver si prenant du vieux Bruegel. Et, autant les visages tourmentés de Bosch m'ont effrayé, autant la sérénité de cet hiver m'a comblé d'aise.

Ce paysage est beaucoup plus qu'un paysage ; il est un monde où nous trouvons autant à lire dans ce qui est invisible que dans ce qui est écrit clairement.

DÉCOUVRIR l'univers au cœur d'une cuisine de quatre mètres sur trois est un bonheur qui n'est pas offert à tout le monde. L'étroitesse de cet espace où nous vivions tous les trois conduisait toujours mon père à raconter la même histoire, avec exactement les mêmes mots, les mêmes silences, les mêmes attitudes :

– C'était en dix-neuf cent quinze. J'arrive en permission. Je passe embrasser ma mère rue des Salines. Elle m'avait écrit pour me dire qu'elle se faisait bâtir une maison dans le jardin. Ça m'inquiétait. Surtout qu'elle m'avait donné le nom de l'entrepreneur qui était son cousin. Un homme dont j'avais tout lieu de me méfier... C'est bon, je viens voir. Ils attaquaient la charpente. Le cousin en question était là. Salut, qu'il me dit. Salut, que je fais. Te voilà en permission, qu'il me dit. Ça se voyait, que j'étais en permission. Je réponds même pas. Tout de suite, j'attaque : Dites donc, Lucien – il se prénommait Lucien. Bien plus âgé que moi, il me tutoyait mais moi je lui disais vous. Pas gêné pour autant de lui dire son fait... C'est bon... Je demande : qu'est-ce que vous construisez là, une cabane à lapins ? Le Lucien me regarde tout en furie. Comment, qu'il dit, mais je suis conforme au plan !

À ce moment-là de son récit, mon père s'arrêtait toujours, regardait ses interlocuteurs et levait la main pour montrer la pièce.

– Vous voyez ça ! Conforme au plan. Comme si ma pauvre mère qui allait entrer dans ses septante-huit ans avait été capable de lire un plan !...

La suite, bien entendu, était une prise de bec entre les deux hommes. J'y pense chaque fois que je me rends sur la tombe de mes parents, car, dans ce cimetière, leur voisin le plus proche est précisément cet entrepreneur.

On s'étonnera peut-être que je place ce souvenir parmi les petits bonheurs que je voudrais évoquer ici, mais je tiens qu'il ne m'aurait pas été donné d'être pareillement heureux dans une maison plus vaste où nous n'aurions pas été, comme le disait ma mère avec de profonds soupirs, « confinés tous les trois dans une boîte à sardines ».

Sans doute bien des gens venus nous rendre visite durant les mois de froidure ont-ils estimé que nous devions être très malheureux dans cette boîte ; ces gens-là seraient fort étonnés de m'entendre affirmer aujourd'hui que le souvenir de cet espace est mon plus précieux héritage. Celui que nul, jamais, ne pourra m'arracher.

MES parents aimaient beaucoup les chiens et les chats, mais chez les autres. Mon père parlait souvent des chats qu'il avait élevés lorsqu'il tenait la boulangerie, c'est-à-dire avant ma naissance, et ses propos étaient tout juste bons à me donner des regrets. Dès qu'un animal s'approchait de son jardin, il le chassait en disant qu'il allait tout ravager. Selon lui, la pisse de chat brûlait la terre. Je pense qu'il aurait fallu quelques milliers de matous vraiment incontinents pour rendre stérile son immense potager, mais lorsqu'il avait, comme disait ma mère, une idée sous la casquette, il était inutile de vouloir la déloger. Nos seuls animaux étaient donc des lapins qu'il soignait avec beaucoup d'attention, mais qui étaient tout de même condamnés à une mort violente. Quand je m'en plaignais, ma mère répondait :

– Que veux-tu, c'est la vie !

Ce qui me paraissait une formule bien étrange pour justifier le couteau dans la gorge.

Il y avait pourtant une chatte, une seule, qui était accueillie amicalement à la maison, Minette, la grosse grise et blanche de nos voisins, les David.

Comme il y avait chez ses maîtres beaucoup plus de bruit que chez nous, elle venait souvent passer des journées entières, en hiver, dans notre cuisine. J'aimais beaucoup la trouver là en rentrant de l'école, et j'aurais été plus heureux encore si on ne lui avait pas interdit de monter dans la chambre où elle aurait pu dormir sur mon lit.

Minette avait sa chaise, dans un coin, près de celle où mon père s'asseyait pour lire ou observer son jardin depuis la fenêtre embuée. La cuisinière ronflait, il faisait chaud et calme. Et si l'on voulait réveiller la chatte, il suffisait que ma mère prenne la boîte en fer où elle tenait ses petits-beurre. Elle la secouait et Minette bondissait de sa chaise en miaulant.

POUR ce qui est des chiens, qui sont, comme chacun sait, la terreur des jardiniers, le premier que j'ai connu était celui de Popi. Ce corniaud roux et blanc avait eu une patte de derrière cassée et boitillait en se tortillant curieusement. Comme il était très obéissant et que mon père avait souvent besoin de son maître, il avait accès au jardin sacré. Dès qu'ils arrivaient, Popi quittait sa veste, la posait par terre et ordonnait :

– Garde !

Le chien se couchait sur la veste et montrait ses petites dents pointues à quiconque osait approcher. Il pouvait rester ainsi des journées entières. Si je voulais lui donner un sucre, je devais le lui porter. Pour rien au monde il n'eût quitté son poste un instant. Il ne me grognait pas après et Popi disait très sérieusement :

– T'es un gosse. Il le sait. Y sait que tu pourrais pas mettre ma veste.

Ce chien s'appelait Capitaine, mais on disait toujours Cap. Je crois bien n'avoir pas vu souvent animal aussi obéissant et mon père affirmait :

– C'est un chien pas comme les autres. Enfin, pas tout à fait un chien, quoi !

Il faut dire que son maître n'était pas un homme comme les autres non plus. C'était une sorte de nain bossu et déformé par je ne sais quelle maladie infantile mal soignée. Il boitait beaucoup plus que Capitaine en se déhanchant, ce qui ne l'empêchait pas d'être fort comme un bœuf. Il venait parfois aider mon père lorsque se présentait une besogne qu'un homme ne pouvait pas accomplir seul.

Popi ne buvait jamais de vin durant son travail. Il se désaltérait toujours à la pompe qui se trouvait au fond du jardin. Une petite pompe dont le balancier très bas et un peu trop court vous cassait les reins dès le deuxième arrosoir tiré. L'eau qu'elle crachait était glaciale. Sans l'avoir jamais fait analyser, mon père affirmait qu'elle n'était pas potable et même assez dangereuse. Popi en buvait. Chaque fois, il en prenait une gamelle pour son chien. Si Popi avait soif, Cap buvait aussi. Et avec un plaisir évident. Il levait de temps en temps son museau dégoulinant pour s'assurer d'un regard rapide que son maître buvait toujours, et, consciencieusement, il se remettait à laper.

De les voir ainsi me donnait soif. Or, un jour, je hasardai que puisque Popi et Cap buvaient cette eau, je pouvais bien la boire aussi.

– Petit malheureux, cria ma mère, veux-tu donc devenir tout tordu comme Popi et boiteux comme son chien ?

– Tordu ?

– Mais oui, c'est l'eau qui tord. Elle vient de dessous les remises. Si Popi est tel que tu peux le voir, c'est qu'il n'a pas voulu écouter ses parents : il a bu à la pompe. Et il a fait boire son chien. Et regarde comme ils sont tous les deux ! Alors ?

Alors, rien du tout. Bien sûr, je redoutais de boiter ou d'être tordu, mais je n'étais pas absolument persuadé que ma mère n'exagérait pas un peu. Cette eau-là servait à arroser le jardin, mais un autre animal aussi en buvait qui n'était ni tordu ni boiteux : le Gris.

Le Gris était un cheval que mon père avait laissé à son successeur en lui cédant sa boulangerie dont le magasin à farines et l'écurie donnaient en face du jardin. Par un sentier qui longeait la clôture, le boulanger amenait son cheval jusqu'en face de la pompe, venait puiser de l'eau au bassin et portait au Gris le seau débordant qu'il appelait le verre du cheval.

Pour sa lessive, ma mère utilisait l'eau de pluie qu'un large baquet recueillait sous la gouttière, près de la cuisine. C'était celle qui faisait le mieux mousser le savon. Elle était donc économique et laissait le linge plus blanc et plus souple que les eaux chargées de calcaire des monts du Jura. C'était une chose que je comprenais à peu près, mais qu'on fût obligé, pour la cuisine, la toilette et la consommation, d'aller jusqu'à la fontaine, en bas de la rue des Écoles, me semblait tout à fait anormal. Un homme et deux bêtes – sans compter les oiseaux – s'abreuvaient à la pompe, c'était absurde d'aller si loin. Inutile de dire qu'après avoir longtemps résisté à la tentation, je finis par goûter à l'eau de la pompe.

Un jeudi matin, alors que mes parents étaient au marché, le tout tordu arriva avec une charrette qu'il ramenait au hangar. Son chien le suivait, bien entendu, et se précipita vers moi, frétillant de la queue. C'était l'été. Cap tirait la langue. La grosse gueule rouge et osseuse de son maître était couverte de sueur. Ayant remisé la charrette, Popi me dit :

– On s'en va boire un coup.

À la pompe, je ne pus m'empêcher de le prévenir :

– Popi, si tu bois encore de cette eau, tu finiras par être tellement tordu que tu pourras plus rien faire. Et si tu en donnes à Cap, il pourra plus marcher.

– Qu'est-ce que tu me chantes là ?

– Oui, c'est l'eau qui tord.

– Qui t'a raconté ça ?

– Tout le monde le sait.

Il partit d'un énorme rire qui découvrit ses dents jaunes et inégales.

– Mais mon pauvre petit, j'étais comme ça en venant au monde. Tiens, regarde Cap, tu le fais rigoler aussi.

Comme s'il eût compris ce qui se passait, son chien s'était dressé contre le bassin, mais il était trop petit pour atteindre l'eau.

– Hein, Cap, qu'on peut boire ? lança le bossu.

Et le chien aboya deux fois comme pour dire :

– Oui. Oui !

– Regarde bien, fit Popi.

Il plongea dans la cuve son énorme main déformée elle aussi et retira une poignée d'algues vertes et visqueuses en affirmant :

– Ce que tu vois là, mon petiot, c'est des cheveux de nymphes. Et les nymphes, tu sauras que c'est les plus belles femmes du monde.

Il laissa couler les cheveux gluants. Pour étayer sa démonstration, il donna la gamelle à son chien. S'appuyant ensuite au rebord de la cuve, il se cassa en avant et but comme un animal, la gueule dans l'eau. Se redressant, il expliqua :

– Une eau qui fait le vert, comme ça, elle est

bonne. Tu peux me croire ! Regarde Cap. Et le Gris, alors, est-ce qu'il est tordu ? La seule chose, c'est qu'elle est moins fraîche au bassin que quand elle coule.

Et il se mit à pomper pour boire au goulot. Lorsqu'il eut fini, il se redressa en lançant :

– À toi, mon petiot !

Je bus dans ma main cette eau glacée qui me dégoulinait le long de l'avant-bras. Quand j'eus fini, Popi me regarda bien en face puis, désignant Cap du doigt, il dit très sérieusement :

– Si dans trois jours tu es tordu, je mange mon chien. Parole d'homme !

Et il tendit sa main au-dessus de Cap.

Je savais que, pour le tordu, ce chien était plus qu'un ami. Ils ne se quittaient jamais. Popi vivait à la lisière de la ville dans une cabane qu'il s'était construite. Il avait monté là une couchette en branchages où son chien dormait avec lui. Je le voyais mal tuant et dévorant cette bête. Pourtant, durant les trois jours qui suivirent, je dus bien monter au moins cent fois dans la chambre de mes parents pour me regarder dans la glace de l'armoire. Au matin du quatrième jour, je demandai à ma mère si elle me voyait tordu et boiteux.

– Mais qu'est-ce que tu veux dire ?

– Comme Popi ou comme Cap.

– Que le Bon Dieu nous préserve !

– C'est vrai, je suis pas tordu ?

– Bien sûr que non ! Quelle idée ?

– Alors, c'est que tu es une belle menteuse !

Une gifle magistrale me coupa la parole. Je déguerpis en hurlant :

– J'ai bu à la pompe et j'y retourne !

Je passe sur la suite de l'incident. Je crois que le pauvre Popi se fit sermonner d'importance. Mais cette démonstration n'empêcha pas mon père de continuer ses voyages à la borne-fontaine du bas de la rue.

J'AI parlé tout à l'heure du Gris, et c'est à ce bel animal que je dois une des premières impressions très fortes de mon enfance.

Le boulanger successeur de mon père avait tendance, comme disait Popi, à mouiller un peu trop la meule. Or, il paraît que les chevaux n'aiment guère les ivrognes. Un soir que nous étions dans le jardin, mes parents et moi, vinrent de la rue des hurlements et des claquements de fouet. Dans le sentier longeant la barrière, le Gris arrivait au grand galop en hennissant très fort.

Ceux qui ont vu une fois un cheval emballé ne peuvent oublier ce spectacle.

Derrière le Gris, hurlant toujours, le boulanger courait en brandissant son fouet. Mon père n'était plus très jeune, mais il avait gardé de son séjour à l'école de Joinville une vigueur et une souplesse étonnantes. Je le vois encore traversant un carré de légumes en courant et empoignant un piquet de la barrière pour bondir d'un élan par-dessus les barbelés.

– Foutez-moi le camp, abruti ! hurlait-il au boulanger... Vous êtes plus bête que cette bête !

L'homme, médusé, s'arrêta, le fouet bas. Mon père partit d'un pas calme derrière le Gris qui s'était réfugié dans l'angle de la remise et continuait de hennir en battant des sabots. Mon père s'approcha lentement. Sa voix était de velours :

– Eh ben, mon Gris. Alors, mon beau ? Qu'est-ce qui t'arrive ?

Ma mère avait filé à la cuisine d'où elle sortit bientôt avec une tranche de pain. Je la suivis. Mon père nous fit signe de rester en retrait. Il vint chercher le pain et retourna près du cheval plus calme, mais dont la robe frémissait encore. Tandis qu'il mangeait son pain, mon père lui flattait l'encolure. Après un moment, il le prit par le cou et colla sa tête contre lui en continuant de parler doucement. Se tournant vers nous, il demanda à ma mère :

– Va dire à cet ivrogne de disparaître. Je vais mener le Gris à l'écurie. Et qu'il lui foute la paix jusqu'à demain. Je me charge de le soigner.

Il donna à boire au cheval puis, reprenant le sentier, il dit doucement :

– Allez, mon Gris, viens avec moi. Viens chez toi, mon beau. M'en vais aller lui dire deux mots, à cet abruti.

Et le cheval calmé lui emboîta le pas.

Le Gris reprit son travail, mais son nouveau maître n'était vraiment pas fait pour mener un attelage. Quelques mois plus tard, il acheta une camionnette et vendit le cheval à un vigneron de Gevingey. Mon père, informé après la vente, se hâta d'aller jusqu'à Gevingey. Comme j'étais en vacances, il m'emmena avec lui. Longue marche par de petits chemins et visite au vigneron qui était un de ses anciens clients.

– Bon Dieu que je suis donc soulagé de savoir cette bête chez vous !

– Oui, dit le paysan, mais l'autre ivrogne, avec sa camionnette...

Mon père se mit à rire.

– Faudra qu'il se rentre. Avec le Gris, il avait qu'à le laisser faire. Il le ramenait. Moi, quand je faisais ma tournée, mort de fatigue, le Gris connaissait les clients aussi bien que moi. Il savait bien me ramener à l'écurie.

Et en racontant cela, mon père caressait cette bête qui posait sa grosse tête sur son épaule.

PARMI les personnages de mon enfance, il en est un dont j'ai déjà, à plusieurs reprises, évoqué le souvenir, c'est le père Vincendon. Ce vieux luthier, facteur de pianos, avait la passion de son métier. Je n'ai compris que trop tard ce qu'il voulait m'enseigner quand il me disait qu'il était amoureux du bois.

Son atelier aux odeurs étranges, sa chambre à coucher dont les murs et le plafond étaient constellés d'hirondelles qu'il avait sculptées et peintes en noir, sa manie de se lever à minuit pour travailler et de se coucher à trois heures de l'après-midi, tout ce qui m'a tant étonné enfant me paraît aujourd'hui tout à fait naturel.

Vincendon vivait sur une planète où nul autre humain ne pouvait accéder. Il se tenait dans le rêve d'une musique qu'il était seul à entendre. Il faut dire que ni ses yeux ni ses mains ne ressemblaient aux yeux et aux mains des autres hommes. Même lorsqu'il était très heureux, son regard semblait embué de larmes. Quant à ses doigts spatulés, énormes, durs, aux ongles bosselés et crevassés, il semblait toujours qu'ils allaient laisser tomber ce qu'ils empoignaient. Pourtant, Vincendon était d'une adresse folle. Tout ce qu'il saisissait se métamorphosait. Avec la pointe d'un couteau, il pouvait faire jaillir d'un bouchon de bouteille une tête de femme, un petit père Noël avec sa hotte ou un animal étrange.

Je devais avoir cinq ou six ans lorsque mon père me conduisit chez lui pour la première fois, pourtant, cette visite de son appartement-atelier est en moi comme si elle datait d'hier. Je revois son établi, ses panoplies d'outils, ses armoires bourrées de pots, de boîtes, d'instruments bizarres. L'odeur, les couleurs, les bruits, tout est là. Et, parmi les bruits, celui que ses grosses mains faisaient en caressant le bois ! Une espèce de râpement à la fois sourd et curieusement sonore.

Vincendon vivait du bois et pour le bois. Il

pouvait, de ses énormes mains, accomplir les travaux les plus minutieux.

Lorsqu'il en avait terminé avec ses instruments de musique, sans changer d'outillage, il entreprenait de se délasser en fabriquant ce que mon père appelait ses « marottes » : ses coffrets à secrets ou ses guéridons minuscules dont les pieds étaient trois jambes de femme. Il se moquait éperdument des modes et des styles, mais que de grâce il y avait dans tout ce qui sortait de ses mains ! Un psychanalyste eût écrit des pages après lui avoir posé une nuée de questions indiscrètes ; moi, je n'ai retenu de son travail que l'odeur, la couleur et les formes du bois. Quel sens des formes, des lignes, des volumes et des tons habitait ce musicien du silence !

Bien entendu, Vincendon ignorait les machines. Il avait même fabriqué la plupart des outils qu'il utilisait. S'il acceptait de travailler les métaux, c'était uniquement pour pouvoir les mettre au service du bois. Car pour lui, le bois était la seule matière noble. Le bois était digne de l'homme, mais l'homme devait savoir se montrer digne du bois.

Ce personnage calme, d'une infinie bonté, se

métamorphosait dès qu'on le mettait en présence de ce qu'il appelait une insulte au bois. Pour lui, il y avait plusieurs façons d'insulter le bois :

– Lui faire jouer un rôle de deuxième plan, c'est-à-dire l'abaisser pour le placer sur le même palier que des matériaux indignes.

– Le travailler autrement qu'il devait l'être.

– L'employer avant l'heure, c'est-à-dire sans lui laisser le temps de séchage qu'il réclame.

– Utiliser une certaine essence pour un meuble ou une pièce qui en exigeait une autre.

– Le peindre.

Je me souviens de tout cela, mais Vincendon devait porter au fond de son cœur la lie de bien des colères. C'est ainsi qu'il nous raconta un jour comment il s'était brouillé à mort avec l'un de ses meilleurs amis. Imaginez un peu : l'homme en question avait fait peindre en faux bois les véritables boiseries de son salon ! À la vue de ce crime de lèse-majesté, Vincendon avait blêmi. L'humble luthier, le père tranquille au bon sourire et au regard toujours teinté d'un peu de mélancolie, s'était soudain mué en fauve écumant. Les insultes jaillirent : ce traître lui avait volé vingt ans d'amitié, il lui avait laissé croire à de l'intelligence et du bon sens alors qu'il n'était qu'un criminel imbécile.

Il faut avoir aimé Vincendon comme l'aimait mon père et comme je l'aime moi-même après tant d'années, pour comprendre et admettre ce que d'autres appelaient ses lubies d'illuminé. Car si mon père parlait de « marottes », c'était toujours avec beaucoup d'affection et de respect.

La preuve en est que, lorsque Vincendon se fut éteint dans un asile où il mourut parce qu'il était privé de bois, mon père, qui n'était pas riche, fit un énorme sacrifice pour racheter une partie de son outillage. Quand ma mère le vit revenir, tirant une charrette chargée à craquer, elle s'écria :

– Mais qu'est-ce que tu vas faire de tout ça ? Tu n'es pas luthier, toi !

Mon père raconta la vente aux enchères. Il dit le rire et les plaisanteries des gens devant l'invraisemblable bric-à-brac de Vincendon. Les larmes l'empêchèrent d'achever son récit, mais nous avions compris. C'était ce qu'il avait pu sauver du rire stupide des ignorants que mon père ramenait.

Jusqu'à ses derniers jours, il prit grand soin des outils de Vincendon qu'il avait mis sous clef dans une vieille armoire de son propre atelier.

De temps en temps, il devait les contempler avec ferveur et les écouter raconter pour lui seul leur longue vie d'amitié en compagnie du vieux luthier. Sans doute étaient-ils à ses yeux beaucoup plus que des pièces de musée, des objets inestimables qui provoquaient une admiration sans bornes.

Devant mon père, il eût été dangereux de plaisanter en évoquant Vincendon, car Vincendon représentait pour le travailleur qu'il était la perfection dans le travail. Une perfection bien au-dessus du commun, quelque chose qui tenait un peu du divin.

SI mon père admirait tant Vincendon, c'est que lui aussi aimait travailler le bois. Bien entendu, il n'avait ni le talent ni l'adresse de son ami luthier, mais il avait tout de même construit de ses mains, et seulement avec l'aide de Popi, tout au fond de notre jardin, un vaste hangar de bois noir, sans doute passé au goudron. Cette bâtisse abritait mille et une choses qui ont enchanté mon enfance. Mon père avait aménagé l'un des angles en atelier. C'était, en quelque sorte, une construction à l'intérieur d'une autre construction. Des cloisons de planches, quelques vieilles portes, un plafond, deux fenêtres donnant sur le jardin, une armoire pour les outils et un petit placard pour les clous, les vis, les ferrures de toutes sortes. Au milieu, un long établi qu'il fallait contourner pour accéder à un autre, bien plus petit mais beaucoup plus haut. Que de trésors dans cette pièce qui ne mesurait que quatre mètres sur trois ! Si j'éprouvais une si grande envie de l'explorer, c'est que mon père m'interdisait d'y pénétrer sans lui.

Lorsqu'il avait à travailler le bois, il prenait les clefs suspendues très haut derrière la porte de la cuisine, et il disait :

– Je vais à l'atelier, si tu veux venir avec moi...

Je voulais toujours, car aucun jeu ne m'attirait davantage que les travaux qui m'attendaient à l'établi.

En fait, je jouais à Vincendon.

Nous entrions dans la pénombre où seuls luisaient quelques fers d'outils qu'accrochaient les rais de soleil filtrant entre les planches disjointes du hangar. Mon père ouvrait les volets, alors tout cet univers poussiéreux de bois et d'outillage s'éveillait. Pour pouvoir travailler en paix, mon père prenait une planche arrachée à une vieille caisse, la fixait dans la presse de l'établi qu'il n'avait pas l'intention d'utiliser et me donnait un rabot. Perché sur un petit banc, je me mettais à l'œuvre.

Ah ! la joie de faire des copeaux, de pousser bien droit cet outil qui sifflait en attaquant la planche... Je crois bien que si j'en avais eu le temps, j'aurais été capable de transformer en copeaux toutes les forêts du Jura !

C'est que raboter n'est pas aussi monotone que pourraient le supposer ceux qui n'ont jamais été attirés par le bois. Il y a la vie même du bois. Son odeur, son visage, sa consistance, les nœuds, le fil qui vous oblige à le tourner dans le sens où il acceptera la lame. Il y a les essences différentes. On ne rabote pas du sapin comme on attaque du chêne ou du noyer.

Le bois n'est jamais mort. Il a du caractère, et parfois même mauvais caractère. Et puis, il y a le profil que l'on veut donner à ce que l'on travaille. À plat, en biais, avec un chanfrein, arrondi. Tirer un manche d'outil parfaitement rond d'un liteau carré n'est pas aussi aisé qu'il y paraît au premier abord. Il y faut beaucoup d'adresse, un outil au fer parfaitement aiguisé et bien réglé, et également de la patience.

Les métiers du bois ne sauraient être exercés sans l'amour des outils. Et les outils sont nombreux, souvent très beaux, pleins de mystère pour celui qui ignore tout de leur usage.

Mon père avait la passion du bois. Peut-être avait-il, bien avant moi, rêvé d'être ébéniste.

Il y a en tout cas une chose qu'il savait admirablement, c'était affûter les outils et limer les scies. Je pense qu'il devait le faire – gratuitement bien entendu – pour tous les gens du quartier. J'aimais beaucoup tourner la manivelle de la grosse meule blonde où l'eau montait pour se briser en vagues sur le fer des ciseaux à bois ou des couteaux.

Pour limer les lames scies, il avait fabriqué une curieuse presse en bois qu'on serrait avec deux gros boulons à ailettes. Mon père chaussait ses petites lunettes et, durant des heures, poussait sur l'acier cette lime triangulaire qu'on appelle un tire-pointe. Il ne plaignait ni le temps ni la peine qu'il donnait, mais je l'ai souvent entendu soupirer :

– Si encore les gens me payaient les limes, mais je t'en fous ! Rien du tout. Et c'est cher, des bonnes limes !

Il haussait les épaules et ajoutait toujours :

– Enfin, faut bien se rendre service. Le jour où plus personne ne voudra rien donner, le monde ne sera pas loin de crever !

JE suis né bien après la disparition de mes grands-parents paternels et la mort du père de ma mère. J'ai très peu connu ma grand-mère maternelle qui vivait à Dole. À vrai dire, mes seuls souvenirs d'elle sont un regard et une bouffée de fumée.

Le regard terriblement dur de cette femme taillée comme un grenadier du premier Empire, qui avait trimé toute sa vie pour élever seule neuf enfants à une époque où n'existait aucune aide sociale.

La fumée : celle du petit train à destination du Gray qui passait le long de sa maison. J'ai dû m'y rendre deux ou trois fois avec ma mère qui me réveillait à l'aube pour que nous nous penchions à la fenêtre un peu avant l'arrivée du convoi. La locomotive crachait sa vapeur en sifflant. C'était une merveille pour moi qui découvrais pareil spectacle.

Mais au fond, ma vraie grand-mère, ce fut la mémé Seguin.

LA mémé Seguin n'était sans doute pas une meilleure cuisinière que ma mère, mais je trouvais sa soupe bien supérieure à toutes celles qu'il m'avait été donné de manger. Ainsi, très souvent, m'en apportait-elle un petit bidon. Ce petit bidon émaillé rouge faisait hausser les épaules à mon père. Il me traitait de niflet, en ajoutant que j'avais besoin de passer huit jours sous un cuveau avec une casserole d'eau pour toute nourriture.

La mémé Seguin avait un mari. Le père Seguin, cordonnier de son état et suisse à l'église des Cordeliers.

Ce long vieillard sec et bourru arrivait souvent au début de l'après-midi. Nous l'entendions qui frappait de sa canne les barreaux de la main courante en montant l'escalier extérieur. Il bougonnait. Ma mère se précipitait pour ouvrir la porte avant même qu'il ne frappe. Car il frappait toujours très fort.

Lorsqu'il entrait dans notre minuscule cuisine, nous avions un peu l'impression qu'il avait emprisonné la bise la plus glaciale dans les plis de sa longue pèlerine brune. Il ne prenait pas le temps de s'asseoir pour vider d'un trait le petit verre de marc que ma mère lui servait. Il passait juste pour dire bonjour et maugréer contre le froid, la neige et la vie chère. Puis, se tournant vers moi, il lançait :

– Alors ! C'est pas l'heure de l'école, des fois ?

– J'allais le mener, assurait ma mère.

– Pas la peine, je passe devant.

C'était ce que j'espérais. Je m'habillais en grande hâte. Quelle joie que de marcher en tenant la main osseuse de cet homme que toute la ville admirait ! Comme j'étais fier de connaître le père Seguin !

Il ne me lâchait jamais sans me promettre :

– Si un jour je te vois faire des étincelles sur

les pavés avec les clous de tes brodequins, tu iras pieds nus. C'est moi qui te le dis, sacripant !

Comme j'aurais aimé que l'école fût plus loin pour traverser toute la ville avec lui !

L'échoppe du père Seguin se trouvait au cœur de la cité. C'était une pièce exiguë et fort encombrée. On descendait deux ou trois marches pour y accéder. Le bas de la fenêtre se trouvait presque au ras du trottoir, si bien que le regard des passants plongeait sur le crâne luisant du vieillard. On avait l'impression qu'il s'était installé là pour avoir vraiment le nez sur les chaussures de ses futurs clients au moment où ils s'arrêtaient devant son échoppe. Les jours de pluie, l'eau des flaques giclait contre les vitres.

Il arrivait que ma mère, ayant quelques emplettes à faire, me confie un moment à la garde du cordonnier.

– Il va s'asseoir dans un coin et il ne vous dérangera pas.

Le vieux enflait la voix. Ses épais sourcils montaient haut sur son front. Il lançait :

– Ferait beau voir qu'il ne soit pas sage. Il ne me faudrait pas longtemps pour fabriquer un bon martinet avec une poignée de lacets de cuir. Rien de tel pour vous zébrer les mollets !

Je prenais place sur une caisse ou une pile de peaux, et je ne risquais pas de broncher. Ce n'est pas que je redoutais le martinet. Je savais la grande bonté du vieil homme, mais je plongeais là dans des moments incomparables.

Tout dans cette échoppe était fait pour qu'on y soit heureux. Sur un petit poêle où le feu ronflait, un pot de colle dansait dans son bain-marie. Il s'en dégageait une odeur forte qui vous saoulait un peu. À côté de l'établi, une bassine d'eau où trempaient des cuirs. Tout était dans la pénombre car la lampe qui pendait n'éclairait guère que la bigorne, une petite partie de l'établi où luisaient des outils, et les mains du vieillard.

Les mains des gens qui accomplissent bien les gestes du travail ont toujours quelque chose de noble. Je ne savais pas encore qu'il s'agissait là d'une forme de noblesse, mais ces gestes précis, parfois nerveux, m'envoûtaient. Le cuir semblait obéir au père Seguin comme le bois obéissait à Vincendon. Mais Vincendon œuvrait toujours en douceur alors qu'il y avait, chez le cordonnier, une sorte de nervosité, de brutalité presque inquiétante. Des clous plein la bouche, il ne cessait de bougonner. Souvent, il se contentait de grognements inintelligibles. Mais, parfois, un ou deux mots mal prononcés (à cause des clous) claquaient comme claquait le marteau sur la semelle :

– Des sauvages... comment s'arrangent... massacrer des godasses comme ça !... leur en foutrais, moi !

Quand je rapportais ces propos à ma mère, elle disait :

– Toujours en train de rechigner. Il devrait être content. Si les gens prenaient soin de leurs chaussures, le pauvre homme serait sans travail. Et ça n'est pas avec la seule paye de la Ninie qu'ils pourraient vivre à trois.

Et je pensais alors aux gâteaux de chez Pelen que la mémé nous achetait quand elle nous menait en promenade.

LA Ninie était la fille des Seguin. Une « laissée-pour-compte », disait mon père. À elle aussi je dois quelques petits bonheurs que je n'ai jamais oubliés.

D'abord, mon premier stylo. Un beau stylographe à plume rentrante. Car la Ninie Seguin était première emballeuse dans une usine de stylos qui appartenait à M. Victor. Un homme que je n'ai jamais rencontré mais dont mes parents – comme les Seguin – parlaient avec vénération. La première emballeuse avait dû obtenir le prix de fabrique et avait sans doute ajouté ses économies à celles de ma mère pour me faire ce cadeau.

Très souvent, le soir, en revenant de son travail, la Ninie passait nous voir. Elle était un peu sourde. Elle parlait fort et ma mère était obligée de hausser le ton également. Dérangé, mon père levait le nez de son journal et posait ses lunettes. Il tambourinait sur la table en signe de mécontentement.

Cependant, je me souviens fort bien qu'il cessa de tambouriner le jour où, pour la première fois, Ninie nous parla du Groenland. Mes parents semblaient vraiment intéressés et moi, dès ce jour-là, ce fut comme si j'avais commencé de préparer mon sac à dos.

Car M. Victor, maître de fabrique, avait un fils qui se prénommait Paul-Émile et que mon père appelait « le petit Victor ». Et le petit Victor allait embarquer sur le *Pourquoi pas ?* avec le commandant Charcot.

– Tout de même, soupirait mon père, ce bon gros garçon, qui est-ce qui aurait cru ça ?

Ce qui signifiait :

– Qui eût cru que ce garçon était un peu fou ?

Ninie avait délaissé l'emballage des stylographes pour se consacrer aux bagages du jeune explorateur. Entendant la vieille fille énumérer ce qu'elle mettait en caisses, mon père ne put retenir un juron :

– Sacré tonnerre ! Le petit Victor va manger l'usine à son père ! C'est comme si c'était fait !

Je crois que pendant tout le temps que durèrent les préparatifs, Ninie ne manqua pas un soir de nous rendre visite. Par elle, nous étions informés de tout ce qu'emportait le fils Victor. Et si elle en avait perdu le sommeil, moi aussi, un petit peu. Car à force d'entendre mon père parler du petit Victor, j'avais fini par me persuader que nous étions à peu de chose près du même âge. Comme j'étais premier de ma classe en dessin, j'avais profité d'un jour où je me trouvais sans ma mère, chez les Seguin, pour suggérer à Ninie de demander à Paul-Émile de m'emmener avec lui comme dessinateur. Je lui avais même confié mon cahier de dessins pour qu'elle le présente à Paul-Émile.

Aucun doute : il allait me prendre avec lui !

L'emballeuse continuait de nous parler des bagages. Nous savions très exactement le nombre de chemises, de caleçons, de paires de bottes que le petit Victor emporterait. Je n'étais pas en possession de pareille garde-robe, mais je ne me faisais aucun souci, tout viendrait. Ma mère si généreuse y pourvoirait.

Avec mon oncle Charles, j'avais beaucoup voyagé. Ce vieux baroudeur qui avait connu les campagnes d'Afrique et d'Extrême-Orient m'avait souvent fait rêver, mais les contrées de grand soleil que cet ancien soldat évoquait ne m'avaient jamais autant fasciné que le Nord dont personne, pourtant, ne m'avait entretenu.

Par nature, par instinct, je me sentais déjà « du Nord ». Sans doute à travers quelques pages de mon livre de lecture, je m'étais fabriqué un Nord bien à moi. Il n'était pas très précis. De vastes forêts voisinaient avec la banquise et des terres nues comme un œuf, mais le pays était neigeux et venteux à souhait. En imagination, je me saoulais déjà du Nord.

Les ours blancs, les loups, les trappeurs, les chercheurs d'or, les Indiens à plumes et les Esquimaux le peuplaient en abondance. On y rencontrait aussi des Tuniques Rouges menant de magnifiques équipages de traîneaux à chiens.

Un dimanche, n'y tenant plus, je me rendis chez les Seguin où m'attendait la bonne soupe aux poireaux. Là, je demandai à Ninie si Paul-Émile avait pu regarder mes dessins.

– Bien sûr, me dit-elle. Il voudrait te prendre avec lui, mais il y a déjà trop de monde sur le *Pourquoi pas ?* Ce sera pour le prochain voyage. Il faut que tu dessines beaucoup et que tu travailles bien à l'école pour apprendre la science et la géographie.

Le départ du « petit Victor » allait me bouleverser. Tout se tramait à quelques sabotées de la maison douillette où je resterais confiné durant l'hiver alors qu'un garçon du voisinage s'en irait passer des mois et des mois sur la banquise !

Une fois Paul-Émile embarqué, il se fit un vide énorme dans nos soirées. Ninie venait toujours nous rendre visite, mais mon père pouvait rester le nez dans son journal, la première emballeuse avait retrouvé ses stylos à mettre en boîtes, elle n'avait rien à nous dire qui vaille la peine d'être retenu.

Du Groenland, durant les années trente, on n'adressait pas tous les jours des cartes postales à ses amis. La vie nous semblait morne et figée. Les mois ne passaient plus.

Je connus pourtant un moment de joie à Noël, quand je découvris dans mes chaussons un paquet contenant une petite boussole qu'accompagnait une carte où Ninie avait écrit : « Pour que tu ne te perdes pas sur la banquise. Regarde bien, elle indique le nord. »

J'en eus les larmes aux yeux.

Des mois passèrent encore, puis ce fut le retour de Paul-Émile que la vieille fille très émue nous annonça en posant sur notre table de cuisine une brassée de journaux. On y voyait le héros lédonien qui allait regagner son Jura natal tout auréolé de gloire !

– Alors, vous voyez ! triompha la Ninie d'une voix à vous percer les tympans.

Mon père haussa les épaules :

– Oui. Bien sûr, mais j'aimerais savoir combien ça coûte à ses parents !

– Mon pauvre Henri, soupira ma mère, tu seras toujours le même rabat-joie !

Quelques jours passèrent encore. La fièvre montait. Puis, un soir, Ninie vint me chercher pour m'emmener au théâtre municipal où l'explorateur allait raconter son voyage en projetant des images. La vieille fille avait revêtu son beau manteau des dimanches et coiffé un chapeau cloche assez volumineux pour priver du spectacle une bonne douzaine de personnes. Voyant le renard râpé lové autour de son cou maigre, mon père ricana :

– Ma pauvre Ninie, on dirait bien que vous allez vous embarquer pour le pôle Nord !

Mon père pouvait toujours se moquer. Quelle soirée !

Pour commencer, le vieux professeur Monnot, qui avait eu le « petit Victor » comme élève, vint le présenter en lisant un carnet de notes. L'écolier Victor était loin de briller dans toutes les matières. Quel réconfort pour moi ! On pouvait devenir explorateur même si l'on ne dominait pas sa classe. Je gardais donc toutes mes chances de partir !

Pour le reste, Ninie avait eu raison de se vêtir chaudement. Ce que j'ai pu grelotter dans cette salle surchauffée ! Car tout se passait dans un univers de glace, de neige, de vent violent. Mais quelle joie ! Pour « l'enfant amoureux de cartes et d'estampes » que j'étais, ce fut la soirée des découvertes, des émerveillements.

Le Nord me hantait depuis mon enfance et si j'ai dû attendre près d'un demi-siècle pour m'y rendre, il ne m'a jamais déçu. Je le porte en moi. Il m'habite de toute sa grandeur jalouse. Son immensité qui refuse tout partage, je la contemple avec passion comme le marin contemple l'océan.

Oui, c'est à une vieille fille un peu sourde, qui n'avait jamais foulé d'autres neiges que les quelques centimètres qui tombaient chaque hiver sur sa ville natale, que je dois ces émotions.

Mes parents sont morts. La Ninie Seguin aussi et Paul-Émile Victor s'en est allé à son tour. Son amitié me manque, mais les images de ses voyages et les récits de ses souvenirs vivent en moi. Ils m'ont accompagné sur les banquises de Povungnituk où je me suis saoulé pour de bon de poudrerie et de nordet en pensant à mon enfance que je sentais toute proche malgré le long cortège des années évanouies. Malgré tant d'amitiés à jamais disparues.

Il arrive parfois que les petits bonheurs se terminent par un grand drame. J'y pense chaque fois que me revient le souvenir de nos voisins, les tonneliers. Elle : voix énorme, profonde, avec des échos de futailles vides et quelque chose de rêche qui évoquait la râpe à bois maniée par son tonnelier de mari. Lui : une voix plus aiguë, plus nette aussi, coupante d'un beau tranchant d'outil affûté.

– Hé ! Magnin !... Arrive ici !

– Je vais, la Magnin... Je vais, que diable !

Rien que d'avoir perçu ces deux coups de gueule par-dessus la haie, le visiteur se disait : c'est elle qui tient les rênes. Et lui, bon cheval, il marche. Mais il doit tout de même avoir son caractère. Qu'elle essaie de lui faire prendre la mauvaise sommière, il y a gros à parier qu'il renâclera. Et il saura bien s'arranger pour tirer vers la bonne sente.

À les entendre, on les imaginait tels qu'ils étaient. Elle : haute et large. Toute carrée d'épaules avec une nuque courte taillée droit en bois de fil sous le chignon relevé poivre et sel où luisait un peigne à deux sous. Une forte charpente pointant à chaque assemblage, mais de la chair ferme partout où il en faut, devant comme derrière.

Lui : plus noueux. Le visage moins grossièrement taillé, mais avec un pareil œil sombre. La tignasse en bataille, pas longue, incolore, comme vert-de-grisée et partant dans tous les sens. Des mains comme deux masses au bout de bras tout en tendons, en muscles, en veines saillantes sous une peau velue.

Ils devaient avoir à peu près la même force. Avec cependant une grande différence dans la manière de l'employer. Lui : précision, geste vif, presque nerveux comme son pas un peu saccadé. Elle : la façon de ces grosses machines aux bielles énormes faites pour que rien ne résiste. Si bien que la Magnin paraissait plus puissante que son homme, comme elle semblait plus grande alors qu'ils étaient sensiblement de la même taille.

Mon père répétait toujours, avec des hochements de tête admiratifs :

– Ils font ensemble.

La Magnin ébauchait et Magnin finissait. Mais c'était le même geste, sur des plots à trois pattes identiques, avec des haches à peu près semblables.

Ce couple dans la cinquantaine s'était installé au moment du mariage, c'est-à-dire quelque trente années plus tôt. Le voisinage était habitué au bruit des scies, des cognées, des maillets, des massettes à cercler tintant sec sur le métal clair. Les vignerons venaient de loin chercher des tonneaux chez les Magnin.

– Un fameux compagnon, observait mon père. S'il avait voulu, il aurait pu prendre du monde à son service et gagner gros. Dans les premières années, il a bien essayé. Mais avec la femme qu'il a, personne ne pouvait tenir plus de la semaine. Faut l'entendre gueuler ! Et faut goûter sa cuisine. Un jour que je lui avais fait un voyage de bois, du temps que j'avais encore le cheval, ils ont voulu me garder à dîner. Bon

Dieu ! Je suis pas niflet. J'ai fait la guerre et tout, mais de la soupe comme la sienne, c'est à vous lever les tripes. Elle vous y fout des pissenlits pas épluchés avec la fleur et tout. Larges comme mes deux mains, amers comme chicotin. Et puis, à la besogne, je ne vois pas l'ouvrier qui pourrait la suivre... Non, à part Magnin, je ne vois pas !

Il hésitait, puis, invariablement, il ajoutait :

– Et encore !... Sur la qualité, sur le fini de l'ouvrage, bien entendu, on peut pas comparer. Mais à ébaucher, je crois qu'il ne la suivrait pas... En tout cas, je ne parierais pas sur lui.

Ce qu'il faut avoir connu aussi, c'est leur maison. Au milieu d'un terrain de peut-être un demi-hectare où s'empilaient les matériaux abrités sous des tôles ondulées, ils avaient bâti eux-mêmes, sans l'aide de personne, une longue demeure de bois.

La fierté de Magnin, c'était de dire :

– Celui qui y trouve un seul bout de ferraille ou de n'importe quel métal, un clou, *un* vis, n'importe quoi, je lui paye à boire qu'il ait plus soif jusqu'à la fin de ses jours. Que du bois, vous m'entendez ? Que du bois ! À part le conduit de cheminée qui est en brique, il n'y a que du bois emboîté bois sur bois, chevillé de bois. Double épaisseur et de la sciure entre les deux. Demandez à la Magnin si c'est pas plus chaud que n'importe quoi de pierre, de moellon ou de foutu ciment de merde !

Et la Magnin poussait une espèce de rugissement avant de gueuler :

– Qui c'est qui t'a dit le contraire, couillon ! T'es là que tu t'excites tout seul, mais qui c'est qui te contredit ?... On le sait, que cette foutue baraque est comme tu fais les tonneaux, et alors ? Faut être un original comme toi pour aimer ça... Moi, je m'en fous. Là ou ailleurs, pour traîner sa misère de vie, on est toujours fait pour aller au trou !

Là, posant ses gros poings sur la table où le vin tremblait dans les verres, elle se penchait vers mon père, laissant voir un coin de peau blanche en haut de ses seins, et elle se mettait à rire en ajoutant :

– Seulement, si tout le monde était comme ce couillon, vous, parce que vous étiez boulanger, vous habiteriez une miche ou un jocot de trois livres. Et le père Seguin habiterait un soulier, Vincendon un violon. Pauvre couillon ! Et l'instituteur, où qu'il logerait, dans un porte-plume peut-être ? Et le facteur, dans une boîte à lettres ?

Là, triomphante, elle se tournait généralement vers son mari pour glapir :

– Et la sage-femme, alors. Où que tu la ferais loger, hein ? Est-ce que tu oserais seulement nous le dire ?

Magnin haussait les épaules.

En été, sa journée terminée, en attendant la soupe du soir, mon père allait s'asseoir un moment sur un plot, devant la maison de bois, du côté qui avait été à l'ombre tout l'après-midi. Le tranchant des outils luisait dans le reste de jour. Les odeurs montaient à la fraîche et, souvent, celles du chantier étaient chassées par les relents de la cuisine que la Magnin préparait en remuant fort ses casseroles, en fouaillant son feu et en poussant de loin en loin d'énormes coups de gueule.

En hiver, on entrait dans la pièce où ronflait

la cuisinière noire, haute sur pattes, et qui dévorait les chutes de bois de la tonnellerie.

– Un jour, disait mon père, vous foutrez le feu à la baraque.

– Ça ne craint rien, affirmait Magnin.

Mais sa femme l'interrompait pour lancer :

– Vingt dieux ! Ça cramerait comme un fagot archisec. Les pompiers auraient pas le temps d'arriver que la place serait nette pour reconstruire. Et comme je connais ce couillon, on reconstruirait tout pareil.

Son gros rire emplissait la pièce aux vitres embuées où bouillait toujours soit une lessive, soit un chaudron d'épluchures pour les lapins. Car il y avait, bien sûr, des lapins et des poules dans une partie de la bâtisse qui se trouvait accolée à la chambre. La Magnin, dont tout le monde assurait qu'elle avait autant de cœur que de gueule, donnait souvent trois œufs à ma mère. Ou bien, si un galopin du quartier allait lui faire une commission, elle s'arrêtait de manier la hache le temps de battre un lait de poule. Invariablement, elle tendait le bol en promettant :

– Si t'es sage, un jour, je te donnerai un œuf

de vache... Ma foi ! Y a bien du lait de poule, pourquoi y aurait pas des œufs de vache ?

Et son gros rire, qui paraissait souvent s'adapter aux circonstances, semblait alors remuer du blanc d'œuf.

Ma mère prétendait que les œufs qui venaient de chez ces gens n'étaient pas bons.

– Les poules sont toujours à courir à travers le chantier et même sous l'auvent qui sert d'atelier. Elles doivent manger de la sciure et des bêtes de bois. Moi, je trouve que les œufs sentent la résine.

Mon père admirait trop le couple de tonneliers pour tolérer la moindre critique qui les concernât. Il éclatait :

– C'est un comble ! On te donne des œufs, et encore, tu trouves à redire. Et pour sortir des âneries pareilles ! La résine ! Ah ! tu me fais rigoler. Comme si on faisait des fûts en sapin et comme si tu avais souvent mangé de la résine. Dis plutôt que tu n'aimes pas la Magnin, oui. Tout ce qui vient d'elle te déplaît.

Ma mère ne répondait rien. Douce et tranquille, un peu timide, elle était certainement terrorisée par la Magnin ; par cette grande gueule et cette poitrine qui paraissait toujours prête à jaillir du corsage pour vous sauter au visage.

Un jour, M. Vintrenier, le conseiller municipal qui s'occupait beaucoup des gens de notre quartier, vint trouver mon père :

– Vous qui êtes bien avec les Magnin, vous ne viendriez pas avec moi jusque chez eux ?

– Tu veux acheter un tonneau ?

M. Vintrenier eut un petit ricanement, puis, l'air gêné, il expliqua :

– Que non ! Si c'était ça, je ne serais pas venu vous embêter. Je les connais assez pour qu'ils me vendent un bon tonneau...

Mon père l'interrompit :

– Tous les tonneaux des Magnin sont bons. Seulement, question d'en acheter un, tu peux toujours courir. Faut commander des six mois d'avance.

Vintrenier, qui ne devait pas être très au courant du travail que menait le couple, parut s'intéresser aux détails que mon père ne manqua pas de lui fournir en abondance. Mais, assez vite, il revint à l'objet de sa visite :

– Vous comprenez, dit-il en faisant craquer ses doigts, je suis bien embarrassé... Le terrain où ils ont bâti n'est pas à eux. Ils se sont installés comme ça, sans rien demander à qui que ce soit.

– Justement, ce terrain, il n'est à personne.

– Allons, vous savez bien que la terre appartient toujours à quelqu'un. Si ce n'est pas à un particulier, c'est à l'État ou à une commune.

– Eh bien, ça doit être un communal. Ils auront construit en bois de lune !

Le conseiller hocha la tête, fit une moue qui plissa son gros visage un peu trop rouge, et bredouilla lentement :

– Ce serait préférable. Mais ce n'est pas le cas. C'était à un nommé Dupuys qu'on n'a plus revu ici depuis des temps et des temps.

Mon père fronça ses sourcils épais, fit un effort de réflexion et lança, l'œil illuminé :

– C'est sûr, Dupuys, ceux de la côte. Je me rappelle très bien. C'étaient des clients dans les premiers temps que mes parents m'ont laissé la boulangerie.

Il s'interrompit soudain, le regard plus dur et sombre :

– Tiens, je me demande tout d'un coup s'ils n'étaient pas partis en me devant du pain. Il y en a pas mal comme ça, qui foutaient le camp sans payer.

Vintrenier paraissait agacé par ces détours qui n'en finissaient plus. Il éleva un peu la voix pour dire :

– Eh bien, cet homme-là, il est mort l'an passé. À Lille où il avait monté une usine. Il laisse un fils qui n'a même jamais mis les pieds ici. Et le fils a fait vendre le terrain. Hé oui ! Je sais. À force, tout le monde avait fini par croire qu'il était aux Magnin. Et voilà qu'il a été acheté par un nommé Henriet, de Montbéliard, qui veut monter des remises à camions. C'est une grosse entreprise de transports routiers. Ça les intéresse d'avoir des entrepôts ici. Or, ce terrain touche à la voie ferrée. Ils peuvent avoir la liaison directe avec le « Pélême ».

Mes parents s'observaient avec des airs graves et des hochements de tête. Lorsque le conseiller eut terminé ses explications et bien précisé que la loi était pour Henriet, mon père demanda :

– Et c'est toi qui es chargé d'aller leur annoncer la nouvelle ?

– Oui, soupira Vintrenier.

– Eh bien mon petit, je te souhaite bien du plaisir.

L'autre ne savait plus comment s'y prendre. Il était là, un coude sur la table, avec son regard qui volait de partout, affolé comme un frelon contre une vitre. Ce fut ma mère qui prit pitié de lui et vint à son secours en disant à mon père :

– Allons, voyons, Henri, ne fais pas la bête. Tu sais bien que M. Vintrenier est venu te demander d'aller avec lui.

Mon père joua l'étonnement et l'effroi, peut-être pour ajouter au désarroi du conseiller qui devait l'amuser.

– Moi ? Mais je n'ai rien à voir dans cette histoire. Dieu soit loué, je ne suis pas du conseil !

– Je sais, bredouilla Vintrenier, mais vous les connaissez mieux que personne, alors...

Mon père l'interrompit :

– Tu l'as dit, oui. Et c'est justement parce que je les connais bien, que je ne vais pas aller risquer un mauvais coup pour un type qui a acheté un terrain sans se soucier de ce qu'il y a dessus ! Remarque bien, il ne s'agirait que de Magnin, je ne dis pas. Mais elle, ça alors, comme je la sais coléreuse, elle serait pas gênée de nous recevoir à coups de hache. Et c'est une cogne-dur !

La discussion dura longtemps, puis, comme il fallait s'y attendre, mon père finit par accompagner le malheureux qui transpirait à grosses gouttes. Lorsqu'ils arrivèrent à proximité du chantier, mon père dit au conseiller :

– Tu as de la chance, ils sont après débiter.

On entendait, en effet, chanter le passe-partout sur le bois sec et sonore. Comme Vintrenier semblait ne pas saisir très exactement où résidait sa chance, mon père ajouta, avec un petit rire moqueur :

– Bien oui, quoi ! On tape moins facilement sur quelqu'un avec un passe-partout qu'avec une hache !

L'autre, qui pourtant aimait bien rire, paraissait, ce matin-là, totalement fermé à l'humour.

La tonnelière tournait le dos à l'entrée. Un dos impressionnant dans son mouvement de va-et-vient sous le corsage noir à fleurs rouges que la sueur collait à la peau bien tendue sur les muscles pareils à une houle. Une grosse bille était entre l'homme et la femme, sur un haut chevalet, et c'était au cœur de ce bois que chantait la longue lame d'acier.

La lame s'arrêta. Silence ! La Magnin se retourna. Son visage hâlé ruisselait, comme huilé. Elle ébaucha cette grimace qui était son sourire, mais ça n'alla pas très loin. La présence du conseiller, qu'elle connaissait mais qui n'avait jamais mis les pieds sur le chantier, l'inquiétait. Elle eut un regard rapide vers son homme, puis, côte à côte, ils s'avancèrent.

Vintrenier ôta son chapeau gris et salua d'une voix à peine perceptible. Nouveau silence, puis mon père commença :

– Moi, je vous amène Vintrenier. Il a à vous causer. Mais... mais comme c'est pas pour des choses... enfin... Il vous dira... Mais moi, j'aurais autant aimé qu'il vienne tout seul... Seulement voilà...

Comme mon père trébuchait sur chaque mot, la voix de la Magnin qui semblait jaillir de la plus énorme des pièces jamais fabriquées dans la tonnellerie roula comme le tonnerre :

– Pour qu'un conseiller se dérange, c'est sûrement qu'il va nous tomber une belle tuile parderrière les oreilles.

Il y eut le temps que cette voix réveille tous les échos des tonnes en cours de montage puis, comme un désespéré, Vintrenier plongea. D'une seule traite, il dit tout. Terriblement vite. Si vite que les Magnin en furent un instant assommés sur place.

Le premier qui se reprit, ce fut lui. D'une voix calme, il essaya d'expliquer que depuis si longtemps... que ce devait être une erreur... qu'il croyait être sur un terrain communal...

Vintrenier se bornait à répéter que tout cela était désolant, mais que la loi n'était pas avec les Magnin. Lui, parce qu'il était du quartier, on l'avait chargé de cette démarche. Le maire espérait que les Magnin voudraient éviter un procès, un huissier, l'expulsion.

Tandis qu'il parlait, la Magnin se métamorphosait. Son corps, son visage, surtout sa poitrine et ses poings semblaient se gonfler peu à peu. Et ce fut le mot *expulsion* qui provoqua l'explosion.

– Vingt dieux ! Vingt dieux, Magnin ! T'as entendu, « expulsion » qu'il a dit, ce trou-du-cul sans fesses ! Qu'est-ce qu'on lui fait bouffer, Magnin, un sac de copeaux ou des lames de scie ?

Elle était restée immobile, les poings aux hanches, et puis, d'un bloc, elle fut sur le conseiller. Jamais personne n'avait vu cette femme se déplacer si promptement. Magnin et mon père furent certainement surpris car, le temps qu'ils bondissent à leur tour, la Magnin avait fait pivoter Vintrenier qu'elle avait saisi par le col de veste et le fond de pantalon et qu'elle portait à bout de bras vers la rue.

Lorsque les deux hommes atteignirent le trottoir, le conseiller, encore à quatre pattes, ramassait son chapeau et les crayons qui avaient giclé de sa poche. Il dit quelque chose, mais sa voix fut couverte par celle de la Magnin qui hurlait :

– Qu'il vienne, ton huissier ! Y sera reçu, tiens... Si on devait foutre le camp, la maison, j'aimerais mieux y bouter le feu, tu entends. Bouter le feu et vous balancer tous dedans, ton huissier et ton probloc de merde et tous les conseillers avec !... Tout de la vermine de fainéants... Tu entends ? De fainéants qui savent pas ce que c'est que la besogne !

À reculons, l'air plus désolé que furieux, Vintrenier s'éloignait. Magnin était là, les mains pendantes, comme un paysan qui regarde tomber la grêle sur sa récolte.

La voix de la Magnin se mit soudain à grimper très vite vers des aigus qui n'étaient pas à elle. Elle grimpa, grimpa sur des mots qui revenaient toujours : besogne, peine, courage, fainéants. Puis, d'un coup, elle se brisa. Un gros sanglot en travers de la gorge, la Magnin fit demi-tour et fila vers sa cuisine. Le tonnelier et mon père dirent à Vintrenier des choses que j'ai oubliées, puis rejoignirent la Magnin qui s'était assise sur un banc, le corps cassé en avant, le visage enfoui dans ses bras repliés sur la table, le chignon et le dos secoués de sanglots.

La Magnin pleura longtemps, insensible aux propos des deux hommes qui s'efforçaient de la rassurer. S'étant redressée, elle les regarda un moment. Les larmes coulaient sur ses joues, au coin des lèvres et jusqu'à son menton qui tremblait. Elle fixa longtemps les hommes, d'un regard qui semblait s'être vidé de toute expression.

Ma mère, qui avait dû voir s'éloigner le conseiller, arriva. Doucement, elle s'approcha de la Magnin et posa sa main sur ce bras énorme qui devait l'effrayer un peu. La grosse femme bredouilla d'une voix d'enfant punie :

– Rien de rien... On n'est rien, nous autres. Pas plus que de la merde.

Dès le lendemain, il y eut quelque chose de changé chez cette femme. Un peu comme si sa colère et son chagrin lui avaient pris le plus beau de sa force et de son allant. Elle continuait de débiter le bois, de cuire la soupe, de soigner ses lapins et ses poules et, bien sûr, d'ébaucher les douelles, mais ses gestes n'avaient plus la même ampleur. Elle ne criait plus. Lorsqu'elle me voyait arriver, elle souriait tristement, battait ses laits de poule mais ne parlait plus jamais de choses qui font rire, des œufs de vache par exemple.

À la maison, mes parents s'entretenaient de plus en plus souvent des Magnin. Mon père expliquait :

– Lui, il cherche un terrain. Il trouvera. Et le maire ne le laisserait pas sans rien. Ça ferait du propre dans la ville. Lui, il ne m'inquiète pas, mais elle, on dirait quasiment qu'elle se laisse aller. Je n'aime pas ça. Je n'aime pas ça du tout.

Ma mère, qui n'avait jamais eu plaisir à fréquenter la tonnellerie, se mit à y aller souvent, portant des fleurs ou des légumes du jardin.

– Des fleurs à la Magnin ! faisait mon père en haussant les épaules. Autrefois, elle les aurait foutues là. Et voilà qu'elle remercie et qu'elle les met sur la table. Bon Dieu, celui qui m'aurait dit ça !... Une femme pareille ! Ça ne me dit rien de bon. Rien de rien !

Des semaines passèrent. Peut-être des mois, je ne sais plus, jusqu'à ce qu'un matin, l'huissier arrive accompagné de deux gendarmes qui n'en menaient pas large. Ils ne venaient pas expulser les Magnin, seulement leur remettre un papier bleu et faire signer un reçu.

Sur le bois usé de la table de cuisine, la main couturée et recuite du tonnelier signa en faisant grincer la plume dans un épais silence. Puis, comme les visiteurs se retiraient, la voix un peu rauque mais calme de la Magnin lança ces simples mots :

– Bon Dieu... Pourtant... La terre porte bien des loups !

Les trois hommes sortirent sans répondre et s'éloignèrent tandis que la Magnin, comme indifférente, se mettait à tisonner son foyer sous la lessiveuse.

C'était l'hiver. Un jour gris et froid avait peine à entrer par la fenêtre basse. Le feu ronflait, grognait, pleurait par moments lorsque la bise faiblissait. Magnin et mon père restaient accoudés à la table, tandis que la Magnin allait et venait pesamment, remuant une casserole ou des bûches, ouvrant la porte le temps de sortir vider une bassine et de laisser entrer une large bouffée glaciale. La lessiveuse faisait son bruit de cascade alternatif et lointain. Personne ne soufflait mot.

De retour à la maison, mon père dit simplement :

– C'est fait. Ils ont le papier.

Ces seules paroles étaient lourdes de menaces.

Journée interminable. L'après-midi, à plusieurs reprises, mon père répéta :

– Ce soir, quand nous aurons mangé la soupe, j'irai voir. Magnin devait se rendre à Montmorot rencontrer le propriétaire d'un terrain où il y a une remise... Il ne rentrera pas de bonne heure.

La soupe, ma mère venait tout juste de la poser sur la table lorsque la sirène de la mairie se mit à débiter le métal glacé de la nuit. Mon père sortit sur le perron et, rentrant aussitôt, il enfila sa grosse veste de cuir noir, prit sa casquette en disant :

– Bonsoir de bonsoir, c'est chez Magnin !

Et il sortit. Ma mère voulut me retenir, mais il n'y eut rien à faire. Alors, jetant son châle sur ses épaules, elle suivit.

Comme le chantier des Magnin n'était qu'à une centaine de mètres de chez nous, nous y fûmes avant les pompiers. Quelques hommes étaient déjà là, jetant de loin des seaux d'eau sur la maison qui flambait comme une boîte d'allumettes. L'eau tombait à côté du brasier dont nul ne pouvait approcher.

– L'atelier va y passer aussi !

– Et les bêtes ?

Une porte s'écroula, enfoncée par une longue poutre que des hommes maniaient en bélier. Des poules volèrent, des lapins bondirent et disparurent entre les piles de bois du chantier.

– Et la Magnin, criait mon père, où est-elle ?

Personne ne pouvait le renseigner. Certains prétendaient l'avoir vue s'en aller avec son homme, d'autres affirmaient qu'elle s'était sauvée vers la ligne de chemin de fer. Nul n'osait penser qu'elle fût restée dans la maison en flammes.

Lorsque le camion des pompiers arriva, il fut salué par l'écroulement de la toiture. Un gigantesque bouquet d'étincelles monta dans la bise qui le rabattit contre le talus de la voie ferrée.

Magnin arriva peu après, à bout de souffle, le regard fou.

– Où est-elle ? Où est-elle ? hurlait-il. Oh la Magnin !... La Magnin ! Réponds-moi, vingt dieux ! Où que tu t'es cachée ?

Il eut beau crier, parcourir le chantier où dansaient des lueurs rouges et des ombres dures, il ne trouva rien. Alors, soudain écrasé, il se laissa tomber sur un billot, à quelques mètres de ce qui avait été sa maison, à quelques mètres d'un enchevêtrement de poutres et de planches calcinées que les pompiers noyaient à grands coups de jet.

La Magnin était restée là. Dans sa cuisine. Protégée par l'épais plateau de chêne de la table fabriquée par son homme, on devait la retrouver à peine brûlée, mais morte tout de même.

Dès le lendemain, Magnin, qui ne possédait plus rien, quittait la ville où nul ne le revit jamais.

Qu'est-il devenu ?

Le soir de l'incendie, ma mère l'avait obligé à venir à la maison où il s'était allongé tout habillé sur un canapé. Je le revois mâchant la soupe au pain, l'œil perdu dans le vague et répétant sans cesse :

– Elle avait raison, ça a cramé comme un fagot archisec.

Et mon père, en écho, reprenait :

– Elle avait raison, la terre porte bien des loups !

Si la Magnin parlait parfois de la sage-femme, c'est que toute la ville connaissait la mère Broquin. Elle et son automobile dont certains prétendaient qu'elle datait d'avant l'invention du moteur. Le moteur, on l'entendait pourtant de très loin. Il ronflait fort car je ne pense pas que la brave femme ait jamais passé la troisième vitesse. Je ne parle pas de la quatrième qui est vraiment faite pour les fous.

Et des fous du volant, elle en avait fait naître des centaines !

Cette vieille femme courte sur pattes, aussi large que haute et plus barbue que bien des hommes, était très liée avec mes parents. Ce n'était pas parce qu'elle m'avait mis au monde que mon père l'appréciait, mais parce qu'elle disait à toute la ville que depuis qu'il avait remis sa boulangerie, on ne pouvait plus manger une tranche de pain sans ressentir des brûlures d'estomac.

En été, il arrivait que, le dimanche, la mère Broquin vienne prendre le repas de midi avec nous. Mon père faisait soit une brioche, soit une tarte aux prunes ou au comeau. Et la sage-femme trouvait, pour en parler, des mots qui faisaient rougir d'aise l'ancien boulanger.

Le repas terminé, la mère Broquin nous faisait monter tous les trois dans son auto. Je crois me souvenir que c'était une Ford très haute sur roues qui démarrait à la manivelle. Mon père s'installait devant. Ma mère et moi prenions place derrière. Et la pétarade nous menait en direction des hauteurs.

Bien entendu, c'était pour ma mère et pour moi une grande joie. D'une part, parce que nous n'avions que très rarement l'occasion de nous promener en auto et, surtout, parce que, dans les lacets de la montée, nous traînions toujours derrière nous, dans les nuages de notre échappement, une file de voitures. Nous regardions les conducteurs furieux de rouler à vingt à l'heure. À ceux qui cornaient, la mère Broquin criait :

– Gueulez toujours, si vous êtes fous, allez donc au diable. Je ne vous retiens pas !

En fait, elle les retenait dans ces tournants où ils ne pouvaient pas doubler. Et nous savions que ce serait bien pire au retour. Car la sage-femme avait une peur terrible que ses freins ne viennent à « lâcher ». Nous rentrions au pas.

Ces promenades étaient tout de même une fête. Dans les prés et les bois où nous allions marcher, la brave femme herborisait. Elle connaissait toutes les plantes sauvages. Elle savait parler de leur histoire comme de leurs pouvoirs. Elle évoquait leurs vertus en racontant mille anecdotes très drôles que je regrette beaucoup de n'avoir pas retenues.

Du jardin de mes parents – et même parfois de l'intérieur de la maison –, nous entendions le sifflet des locomotives et les coups de tampon des wagons durant les manœuvres. Il arrivait même que l'on perçoive cette curieuse vibration du métal qui se produisait quand la vapeur s'échappait avec trop de puissance des pistons.

Mon père (dont ma mère disait avec un sourire entendu qu'il savait tout mieux que les autres) interprétait chaque bruit. Avec plus de précision que notre baromètre et que ses vieilles douleurs, les trains lui permettaient de préparer ses semis en fonction du temps.

– Il va pleuvoir. Le temps va changer. Ça va tourner à la bise.

Il avait pour amis deux mécaniciens du PLM

et prétendait – mais je pense qu'il devait exagérer un tout petit peu – les identifier à leur manière de mener les locomotives. Occupé à bêcher ou à sarcler, il se dressait soudain, une main aux reins, l'autre sur le manche de son outil, et il regardait en direction de la voie ferrée qu'on ne voyait pas depuis chez nous, mais qu'on devinait derrière des maisons et des arbres.

– Tiens, annonçait-il, c'est Mimile qui fait le manœuvre. Je reconnais son coup de sifflet.

Un autre jour, il affirmait :

– Voilà Clément qui ramène l'omnibus de mouchard. Il s'est encore arrêté sur le crocodile. On dirait vraiment qu'il le fait exprès pour agacer le monde !

Je savais fort bien que la machine menée par l'ami Clément ne venait pas d'écraser un énorme saurien venu du Congo pour se coucher en travers de la voie, non, la loco s'était immobilisée sur un de ces longs appareils de métal placés entre les rails et dont le contact actionne le sifflet.

Mon père était très fier de son savoir qui ne se limitait pas aux nombreux métiers qu'il avait pratiqués. Car pour un boulanger de cette époque, le bois, les chevaux, les fenaisons, la moisson faisaient partie de la vie. Mon père avait appris en plus les travaux de la vigne, de la cave, de l'alambic, du verger, du jardin, de la forêt.

Je crois bien que les seules choses qu'il refusait d'aborder étaient la mécanique automobile et l'électricité. Il aimait son métier et il aimait aussi les métiers dont ses amis lui parlaient.

Bien entendu, je profitais de leurs propos. C'est ainsi que je devais me rendre jusqu'à Istanbul dès l'âge de cinq ans à travers les récits d'un autre cheminot : le père Tonin.

Tonin était tout auréolé d'une gloire qui en imposait à ses jeunes camarades. Retraité, il racontait volontiers sa carrière de « mécanicien grande roue ».

Cet homme à l'épaisse moustache grise, et qui levait fort bien le coude, avait mené des rapides de grand luxe sur d'interminables parcours. Il avait même conduit des rois et des présidents de la République qui dormaient, tout à fait confiants, dans leur wagon-lit tandis que lui fonçait dans les nuages de vapeur et de fumée en veillant aux signaux.

Tonin parlait des côtes où il devait sabler pour monter, aidé par des locomotives de renfort, des tempêtes de neige où les convois pouvaient rester bloqués des journées entières. Il évoquait les nuits dans les dépôts. Par la suite, jamais il ne m'est arrivé de passer à Laroche-Migennes ou à Culmont-Chalindrey sans penser à Tonin. À lui et à tous les voyages fabuleux qu'il m'avait fait faire les soirs d'été, quand trois ou quatre hommes venaient s'asseoir sur une murette qui longeait l'allée de son jardin. La pierre était encore tiède de soleil, l'air sentait bon le Pontarlier-Anis, le gros chien de Tonin venait s'allonger à côté de moi. Il posait sa bonne tête sur ma cuisse et ma main fourrageait dans son poil frisé. J'aurais voulu alors que le temps s'arrête, que tous ces trains repartent et qu'il me soit donné de monter dans un wagon. Ces wagons où Tonin affirmait qu'il y avait de vrais lits, avec des draps, des couvertures et un oreiller. Ces palaces roulants, où l'on vous servait des petits déjeuners comme je n'en avais jamais pris.

NOS voyages d'alors étaient beaucoup plus courts et s'effectuaient dans des wagons de troisième classe aux banquettes de bois.

Ma mère et moi – car mon père devait rester à Lons pour soigner les lapins et garder la maison –, nous nous rendions à Dole pour Noël et pour la Pentecôte. Nous passions par Chaussin où nous changions de train. Une véritable expédition.

Ces premiers voyages ont laissé vivre en moi la nostalgie des petites gares où l'herbe poussait entre les rails des voies de garage rouillées. Il y avait des wagons modernes, avec un couloir, mais d'autres plus anciens avec une portière par compartiment. Et il fallait un bon moment à l'employé de la gare et au contrôleur pour fermer toutes ces portières.

Nous faisions parfois le voyage en compagnie d'une voisine qui avait trois garçons un peu plus âgés que moi. Dès que nous étions dans le train, elle nous disait :

– Restez à la portière.

Et je l'entendais ajouter pour ma mère :

– Comme ça, on sera tranquilles, personne ne veut se risquer dans un compartiment où il y a quatre gamins.

Il faut dire que ses enfants étaient assez turbulents. Je leur dois une émotion que je n'ai pas oubliée.

Un jour que nous attendions la correspondance en gare de Chaussin, tandis que nos mères, assises sur un banc, bavardaient avec d'autres femmes, nous nous amusions sur le quai. Nous ne courions aucun risque à longer ces voies où il ne passait guère que deux ou trois trains par jour. Des trains dont une sonnerie annonçait l'arrivée longtemps avant leur entrée en gare.

Près d'une petite cabane vitrée, se trouvait un levier d'aiguillage muni d'un énorme contrepoids. À quatre, nous parvînmes à soulever ce bras d'acier qui tourna sans que l'on puisse l'en empêcher et alla se bloquer en position inverse. Il y eut un claquement sec de métal. Le levier était verrouillé. Impossible de le remuer. Il était là et refusait de bouger.

Que faire ?

– Faut prévenir.

– Qui ?

– Maman.

– T'es fou, elle va le dire au chef de gare.

– Et alors ? Y viendra décoincer ce machin.

– Et y nous fera foutre en prison.

Silence. L'angoisse nous saisit.

– Faut pas rester là.

De retour vers le banc des bavardes, il n'y avait plus qu'à attendre. Mais nos mères et les autres voyageurs ajoutaient à notre peur en s'étonnant que le train ne soit pas à l'heure.

– C'est pas normal. Cinq minutes, c'est souvent, mais un quart d'heure, il a dû se passer quelque chose de grave.

– Si c'était un déraillement, on nous le dirait.

– Pourquoi voulez-vous qu'il ait déraillé ?

Pourquoi ? Nous le savions. Mais impossible de le dire. Mes copains riaient. Je devais être d'une nature plus inquiète, car je restais collé contre la jupe de ma mère qui, me sentant trembler, finit par me demander :

– Qu'est-ce que tu as donc ? Tu ne vas pas me dire que tu as froid, tout de même !

J'allais peut-être dominer ma frousse des autres et parler de l'aiguillage, quand le train fut annoncé. Des minutes très tendues passèrent encore, puis une locomotive essoufflée, attelée à quatre wagons de voyageurs, suivie d'un fourgon à bagages ferraillant fit son entrée. J'étais un peu soulagé, mais pas tout à fait rassuré. Allions-nous pouvoir repartir ? Et si le train parvenait à démarrer, n'allait-il pas dérailler au sortir de la gare ? Je ne fus vraiment à mon aise qu'une heure plus tard, à notre arrivée à Dole.

Chaque fois qu'il m'a été donné, dans les années suivantes, de répasser par Chaussin, j'ai regardé le levier d'aiguillage. Il était toujours dans la position où nous l'avions mis. Sans doute a-t-il disparu, comme bien d'autres choses qu'on avait dû placer dans les gares pour nous faire rêver à des voyages vers des horizons inconnus.

JE dois à cette petite gare de Chaussin une de ces impressions profondes qui, si elles ne s'apparentent pas au bonheur, sont tout de même pour l'âme un enrichissement. Un jour d'hiver, à la veille de Noël sans doute, alors que nous attendions la correspondance dans une bise qui nous sciait en deux, je vis sur le quai un de ces chariots à deux roues qui avaient un peu la forme d'une énorme chaise et servaient au transport des bagages. Celui-là n'était pas chargé de valises. Une femme y était assise, tenue au siège et au dossier par une grosse corde. Son visage était cramoisi, comme boursouflé. Ses yeux saillants semblaient vouloir jaillir des orbites. C'était un effrayant spectacle dont mon regard ne parvenait pas à se détacher. Ma mère me tira pour m'éloigner.

– Qu'est-ce qu'elle a, cette pauvre dame ?

– C'est une folle, mon petit. Une folle qu'on mène sans doute à l'asile de Saint-Ylie. Je ne veux pas que tu la regardes.

Je n'avais plus besoin de la regarder. Son image était entrée en moi. Elle est toujours aussi présente après tant d'années. Aussi présente et aussi forte.

À cette époque pourtant peu éloignée de nous, dans certaines branches de la science, nous étions encore plus proches du Moyen Âge que des temps modernes. Et je devais souvent revoir ce visage si semblable à ceux de *La Nef des fous*. Les images des deux grands peintres flamands qui m'avaient tant impressionné ne se tenaient pas que dans le vieil album, on pouvait les retrouver dans la vie. Et c'était terrifiant.

J'ai parlé des crépuscules parce qu'ils m'ont toujours beaucoup ému, mais, de notre fenêtre, quand il faisait grand jour, la première chose que nous regardions, c'était un arbre : le Solitaire de Montaigu. Une énorme boule ronde fichée sur un piquet au sommet d'une colline qui faisait le gros dos. Une colline qui n'aurait surpris personne si elle s'était mise à ronronner comme un chat heureux.

Mon père disait que le Solitaire était un bon arbre puisqu'il permettait de prévoir le temps. Ma mère souriait en répondant que tout était baromètre. Les arbres, les trains, les douleurs.

– Parfaitement, lançait mon père avec humeur. Et ils sont toujours d'accord entre eux.

Lorsque le regard descendait verticalement du Solitaire, il s'arrêtait sur le château d'eau de la fromagerie. Un château d'eau est généralement d'une grande laideur, il y en a des milliers qui défigurent la France, mais celui-là me plaisait. On y avait reproduit en l'agrandissant beaucoup la bonne Vache-qui-rit de Benjamin Rabier. Nul ne m'avait appris que cette vache rouge était l'œuvre de l'artiste qui m'enchantait. Car, avant même que je sache lire, ma tante Léa m'avait offert, pour Noël, *Les Contes du lapin vert*. Ce fut mon seul livre pour enfants.

Je l'ai toujours conservé pieusement. Avec mon premier manuel de français, il a survécu à tous mes déménagements et échappé à quelques naufrages. Il est là, sur ma table de travail, avec ses écorchures et sa reliure qui ne tient plus guère, mais il n'a rien perdu de son charme. De ce pouvoir que seuls les artistes de génie peuvent exercer sur les enfants.

Benjamin Rabier est le premier qui sut vraiment faire rire et pleurer les animaux, il demeure celui qui l'a fait le mieux. J'ai passé tant d'heures à feuilleter cet album que ma mère avait dû en recoller les pages. Et ce qu'elle a ainsi consolidé tient toujours.

Après s'être arrêté sur ce château d'eau qui

dominait l'usine, si notre regard continuait de plonger, il tombait droit sur un autre arbre. *Mon* arbre. Celui-là se trouvait au fond de notre jardin. Il tenait à l'ombre la petite pompe et les anciennes cuves de pétrin où Popi m'avait un jour fait boire l'eau qui tord.

Cet arbre était un chêne étêté. Un têtard, comme l'appelait le Tordu en prétendant qu'il était son cousin.

Le tronc, à peine incliné, ne devait guère mesurer plus de deux mètres cinquante. À la naissance des branches, là où l'élan de l'arbre avait été coupé, je trouvais largement la place de m'installer très confortablement. Les jours de grand vent, mon arbre se métamorphosait en navire. Le jardin était un océan aux terribles colères. Par-delà les vagues de haricots ramants, de framboisiers, de poiriers et de pommiers, les maisons de la rue et l'énorme bâtiment de l'École normale d'instituteurs dressaient des falaises qui constituaient un terrible danger. À chaque instant, mon trois-mâts risquait de s'y briser. Mais j'étais un sacré capitaine, je savais naviguer serré. J'avais je ne sais combien de fois doublé le cap Horn et bouclé le tour du monde en beaucoup moins de quatre-vingts jours.

Quand des clientes venaient acheter une salade ou des fleurs, elles me disaient :

– T'es bien, dans ton arbre !

Les imbéciles ! Elles ne voyaient donc pas que je me trouvais sur un navire en pleine mer ? Il faut être vraiment borné pour confondre un arbre et un bateau !

Tour à tour Christophe Colomb, Vasco de Gama ou Charcot, je ne devenais Robinson Crusoé que durant les après-midi où un gros soleil écrasait le jardin. Mon bateau se muait en île. Son ombre se refermait autour de nous – car Vendredi se trouvait avec moi, bien entendu. Sur l'océan apaisé, le large chapeau de paille de ma mère louvoyait entre les récifs de lilas et les rosiers. Pirogue inquiétante, elle devait nous chercher pour nous lancer des flèches. Et l'île redevenait vite bateau pour cingler vers le large où cette embarcation de rien ne pouvait nous suivre.

Au-dessous de ma passerelle de commandement, il y avait l'eau des baquets destinée à l'arrosage. Le fond portait toujours un lit de glands et de feuilles mortes. Dès qu'on remuait cette eau, elle se troublait. Une forte odeur de tanin montait dans les gréements de mon voilier.

Ses devoirs terminés, Nanette, ma meilleure amie, descendait s'amuser. Arrivée sur le môle, elle m'adressait des signes. Si je me trouvais dans un bon jour et que le vent était favorable, je manœuvrais pour m'approcher du rivage. Un de mes matelots détachait la chaloupe et s'en allait chercher Nanette que j'attendais en haut de l'échelle de coupée. Je l'aidais à se hisser sur la passerelle d'où elle pouvait admirer ma maîtrise de grand navigateur. Avec elle, j'ai fait de longues croisières.

Le temps passait. La brise du large plissait la surface de l'océan-pétrin. Dans ces cuves d'où il avait, à grands coups de rein durant tant d'années, tiré la pâte de milliers de pains, mon père ne venait plus puiser que l'eau destinée à ce jardin où il besognait de l'aube à la nuit montante. À l'heure du soir où il se mettait à son arrosage, il portait déjà dans les bras et les épaules toute la fatigue d'une longue journée. Sa démarche était moins élastique. Les soupirs qu'exhalaient ses bronches où roulaient les plaintes de l'asthme des boulangers se faisaient plus rauques. Ses arrosoirs crevaient le miroir sombre. Mon navire et moi, nous nous déformions soudain. Mon visage clair et ses membres sombres s'entremêlaient. Des éclats de crépuscule nous constellaient d'or et de pourpre.

Ainsi, pétri avec un arbre, je contemplais mon image déformée et mouvante, sans cesse écartelée, sans cesse recommencée, préfiguration de ce que je deviendrais un jour : un être déchiré par les passions multiples, en proie à mille tourments, ballotté sans relâche entre le bien et le mal ; toujours à la recherche de soi-même.

Cette eau venue des entrailles de la terre n'avait pas plus de profondeur que la nuit de mon arbre, celle qu'il retenait prisonnière de son enveloppe de lumière. Les trous de ciel la semaient d'astres éphémères, papillons que nul filet n'eût capturés, insectes de feu dont les ailes changeaient de forme et de couleur à mesure que s'écoulaient les heures.

Mon père allait. Pour gagner du temps, il plaçait quatre arrosoirs sur sa brouette que je regardais s'éloigner, pareille à la barque trop frêle d'un pêcheur solitaire.

Je me suis souvent demandé ce qui unissait mon père à cet arbre, tout jeune encore puisqu'il devait avoir à peu près l'âge du vieil homme. Car mon père s'en prenait souvent à ce chêne. Il le menaçait de la hache et du feu. Il dénonçait ses multiples méfaits. Les racines s'accrochaient à sa bêche. Les branches s'écartaient, donnant de l'ombre à tout un carré de précieuse terre. Les glands germaient. Les feuilles salissaient l'eau et bouchaient les trous des pommes d'arrosoir. Elles s'envolaient aussi jusque sur le toit du hangar dont elles obstruaient les chéneaux qu'il fallait nettoyer chaque automne.

Il y avait mille raisons de couler mon navire et aucune de le conserver ; pourtant, il demeurait là, fier dans le soleil et le vent, plein de lumière et de chansons.

Quelle peur retenait le geste de mon père ? Quelle superstition ? Quels souvenirs ? Quelle alliance secrète ? Nul jamais ne me l'apprendra.

Mais il y avait quelque chose, car mon père n'était pas homme à tolérer un intrus dans son jardin. La manière dont il expédia les soldats de mai 40 qui voulaient y installer une mitrailleuse en témoigne. Alors, il fallait que fût considérable le pouvoir magique de cet arbre pour que la cognée du boulanger devenu jardinier demeurât en suspens.

Jusqu'à son dernier souffle, il a maudit ce compagnon qu'il avait vu grandir et qu'il redoutait. Jusqu'à son dernier soupir il l'a aimé.

Vieux couple, toujours en état de guerre larvée, ils allaient l'un l'autre leur vie en ne se portant que des coups jamais mortels.

Vers sa fin, comme mon père ne pouvait plus grimper, il me demanda d'élaguer le chêne. Je l'ai fait sans pouvoir me résigner à le raser à zéro. Au centre de sa tête, une branche beaucoup plus forte que les autres montait droit, fièrement, comme si elle eût reçu le meilleur de la sève et cherché le plus clair de l'espace. Incapable de rompre avec mon enfance, imaginant un deuxième pont à mon vaisseau, je sectionnai la branche à deux mètres environ. Ainsi, un autre arbre semblait planté sur le premier. J'y voyais déjà des gamins grimpant plus haut que moi et naviguant plus loin.

C'était l'hiver. Mon père m'observait de la fenêtre de la cuisine. Lorsqu'il me vit descendre pour débiter et fagoter, il sortit et s'en vint vers moi. Me désignant du menton mon ouvrage, il questionna, l'œil narquois :

– Qu'est-ce que ça veut dire, ce piquet ?

– Ma foi, pourquoi on ne le laisserait pas grandir un peu plus ?

– Est-ce que tu te fous de moi ?

– Non... seulement... je me suis dit...

Mon père éleva le ton. Il ne plaisantait pas avec sa dignité, avec le sérieux dans l'ouvrage, avec sa réputation de parfait travailleur.

– Tu vas monter me couper ça tout de suite, sinon, c'est moi qui vais m'en charger. Est-ce que tu as envie de faire rigoler tout le quartier ? On ne ridiculise pas les arbres !

L'ancien mitron avait raison. Ainsi arrangé, ce chêne était grotesque. Les arbres bien davantage que les hommes craignent le ridicule et les formes qu'ils prennent d'eux-mêmes ne sont jamais laides.

Si j'avais tant besoin de naviguer, c'est peut-être parce que dans ma ville natale ne coulaient que des ruisseaux où il n'était même pas question de mettre à l'eau une périssoire. Et c'est pourquoi Dole me fascinait tellement.

Ma tante Léa, qui menait tout tambour battant, n'eut guère à se gendarmer pour me conduire à la baignade et à la pêche. Elle fut la première à me mettre en main un bout de bambou. Nous allions au Prélot ou au Jardin-Philippe. Mais toujours assez loin de l'Hôtel-Dieu car ma tante prétendait qu'il ne convenait pas de pêcher des poissons qui se nourrissaient des bouts de boyaux que les chirurgiens enlevaient aux malades. Il faut dire que cette femme, qui avait tant bourlingué, avait des idées peu ordinaires et un langage très imagé. C'est ainsi que, pour elle, les automobiles aérodynamiques étaient des voitures mansardées. On n'y montait pas, on y descendait. Après un long voyage en voiture sous la pluie, elle fit cette remarque :

– On ne savait plus où on allait : le ciel était sur la route !

C'est au Prélot qu'elle m'a fait prendre un premier poisson. Une perche soleil énorme. Une bête comme on en voit très peu. Et c'était aussi un animal qui avait la vie dure. Car, arrivé à la maison, il bondissait encore sur la pierre d'évier. Je ne voulais pas qu'on tue une bête pareille. Ma tante descendit d'un placard une très grande terrine ronde où la pauvre perche fut mise en prison. Bien entendu, elle se morfondait dans ce bocal et refusait toute nourriture. À la veille de mon départ, je décidai d'aller la remettre à l'eau à l'endroit même où je l'avais pêchée. Et la perche soleil, heureuse comme un poisson dans l'eau, disparut aussitôt.

Bien des années plus tard, un jour que je me trouvais chez ma tante, elle me demanda :

– Tiens, toi qui es grand, descends-moi donc la terrine qui est là-haut, sur le rayon.

Je pris une terrine de la taille d'un petit bol.

– Est-ce que tu la reconnais, au moins ?

– Non, je ne vois pas.

– C'est celle où tu avais mis la perche soleil du Prélot.

– Mais tu plaisantes, cette perche était énorme !

– Énorme ? Mon pauvre petit, elle était longue comme la moitié de mon doigt !

Ma tante se mit à rire.

– Tu n'étais pas grand non plus, mais ça m'étonne que tu ne sois pas devenu un vrai pêcheur, il me semble que tu avais vraiment tout ce qu'il fallait pour y arriver !

MON père est mort sans avoir mis les pieds dans une salle de cinéma. Il ne fallait pas lui en parler. Selon lui, c'était une invention pour rendre les gens aveugles.

En revanche, pour un empire il n'aurait pas manqué un cirque, un défilé militaire ou une fête de gymnastique. J'ai hérité de lui cet amour du cirque et de la gymnastique, mais alors qu'il regrettait de n'avoir été ni dresseur de chevaux ni trapéziste de haut vol, moi, je déplore de ne pas avoir fait une carrière de clown.

Il y avait donc comme distractions, dans ces années-là, les cirques, les fêtes de gymnastique et, tous les samedis soir, la retraite aux flambeaux donnée par la musique du 60e régiment d'infanterie puis, plus tard, par la nouba des tirailleurs marocains. Nous allions les applaudir quand ils passaient rue des Salines dans la lueur des torches et la fumée des feux de Bengale, sans penser un instant que ces hommes étaient promis à la guerre.

Quelques années après la disparition de mon père, alors que j'évoquais son souvenir en présence de ma tante, celle-ci me dit :

– Oui, c'est son engouement pour ce genre de spectacle qui a fait que tu es né en son absence.

– En son absence ?

– Parfaitement, pendant que ta mère accouchait, il était allé assister à une prise d'armes sur la chevalerie, pour le passage dans la ville du président de la République.

Et ma tante d'ajouter :

– Ma foi, le pauvre homme, il n'avait pas tellement d'occasions de se distraire. Il avait bien raison, c'était plus drôle qu'un accouchement. Et tu sais, tes parents, avec la vie qu'ils ont menée, ils n'ont guère eu que de tout petits bonheurs.

Ma mère serait morte, elle aussi, sans avoir jamais pénétré dans une salle de cinéma si je n'avais fait des pieds et des mains pour que nous allions voir *Quai des brumes*. Je fus fasciné par ce chef-d'œuvre, mais maman poussa un cri de terreur quand apparut en très gros plan sur l'écran le visage de Gabin.

Elle serait restée avec cette vision monstrueuse et avec la conviction que tout le cinéma était pareillement terrifiant, si tante Léa n'avait insisté pour nous mener voir un film inspiré de Vienne et de ses valses. Maman en sortit émerveillée. Elle en parlait comme d'une vision du paradis. Un paradis que jamais elle n'atteindrait, bien sûr, puisque réservé aux riches, aux rois, aux empereurs, à des officiers galonnés jusqu'aux épaules et à leurs princesses parées de dentelles et de fourrures.

Sans doute la pauvre femme était-elle persuadée que, même au ciel, il y a plusieurs classes et que si, par bonheur, une place lui était réservée, ce serait en troisième ou dans le fourgon à bagages.

Il est vrai que ces tout petits bonheurs, dont parlait ma tante, devaient tenir une place considérable dans la vie de mes parents et celle des gens de leur génération et de leur condition qui constituaient notre entourage. Certes, tous se plaignaient plus ou moins des difficultés de leur existence, mais il en fallait peu pour qu'elle s'éclairât un moment.

Je ne passe jamais près d'un marchand de marrons sans acheter un cornet brûlant que j'ai plaisir à enfouir dans ma poche. Sa chaleur contre ma hanche et sous ma main me remet en mémoire la locomotive noire du marchand qui, chaque hiver, venait se planter à l'angle de la place Lecourbe et de la rue Saint-Désiré. Une belle petite locomotive aux cuivres bien astiqués et qui fumait comme « une vraie » en répandant une odeur qui vous emplissait la bouche de salive. Je n'avais jamais un centime en poche. Quand j'étais seul, je devais donc me contenter de humer en regardant cet homme emmitouflé et coiffé d'une casquette à oreilles qui tirait et repoussait des tiroirs de métal où les marrons attendaient le client.

Quand j'étais avec ma mère, elle essayait de m'entraîner sur l'autre trottoir mais finissait toujours par céder à mon désir. Les marrons dans ma poche, nous devions les décortiquer en cheminant. J'en mangeais trois fois plus que maman qui les aimait pourtant beaucoup et qui disait :

– Il faut les finir avant d'arriver à la maison. Ton papa ne serait pas content. Tu sais, ça revient beaucoup plus cher que quand on les fait griller chez nous.

Je ne disais rien, mais, bien entendu, je préférais les marrons de la petite locomotive.

Et pourtant, elles embaumaient la maison, ces châtaignes qui grillaient sur la cuisinière sous un épais couvercle de cocotte. Ma mère les retournait de temps en temps du bout de son gros doigt qui ne craignait pas la chaleur.

Quand elles étaient cuites, elle les poussait avec le pique-feu pour les faire tomber dans un petit saladier. Elle les recouvrait d'un linge à vaisselle bien propre plié en quatre. Sous l'épaisseur du tissu, les châtaignes devaient rester un bon moment pour devenir parfaitement moelleuses.

Souvent, elles constituaient notre repas du soir, après la soupe, bien entendu, car il n'y avait jamais un repas sans soupe, à midi comme le soir. Une soupe aux légumes où l'on coupait du pain, un bouillon gras où avaient cuit quelques pâtes à potage. En hiver, une fois par semaine au moins, cette soupe était des gaudes. Une spécialité bressane faite avec de la farine de maïs grillée.

Cette bouillie brûlante qui « faisait la peau » et sur laquelle nous versions du lait froid était un régal. Par les temps les plus rigoureux, il arrivait même que ma mère m'en prépare un grand bol que je mangeais avant de me rendre à l'école. Pour elle, c'était une joie, mais j'ai compris trop tard que cette joie l'obligeait à se lever une heure plus tôt.

MON oncle Paul n'était pas un être ordinaire. Un bon mètre quatre-vingt-dix, une centaine de kilos, une moustache pareille à des cornes montant jusqu'au milieu de ses joues et une voix de basse énorme. Son métier non plus n'était pas banal : coiffeur et marchand d'articles de pêche. Il tenait à Dole, dans la rue de Besançon, une boutique en profondeur qui commençait par la partie où l'on vendait le matériel de pêche, pour se prolonger par le salon de coiffure. Tout au fond, c'était la salle à manger puis la cuisine où œuvrait ma tante Francine.

Au troisième étage de l'immeuble, mon oncle avait aménagé un atelier qui demeure, dans mon souvenir, une sorte de paradis.

La première chose qui frappait dès l'entrée,

ce n'était pas l'établi, ni l'empilement de matériel, mais les oiseaux. Il y avait là une bonne dizaine de grandes cages habitées par toutes sortes de canaris, serins et perruches qui chantaient et piaillaient à vous percer les oreilles. Il y avait toujours aussi les éclopés. L'hôpital, comme disait mon oncle. Des pies, des geais, une corneille, un corbeau freux vieux de trente ans et qui vous engueulait dès que vous arriviez. Celui-là était toujours en liberté et ne se gênait pas pour vous voler sur la tête en croassant ce qui ne pouvait être que des insultes. Le ton ne prêtait pas à hésitation. Il y avait parfois des mésanges, moineaux, fauvettes et même, un certain temps, un coucou. Il y eut aussi un milan mais qui retrouva vite sa liberté car il devenait dangereux pour les autres.

Il faut dire que mon oncle était chasseur et que, très souvent, ses pensionnaires étaient des blessés qu'il avait ramenés et soignés.

Chaque jour, avant midi, l'oncle Paul posait au milieu de son atelier dont le sol était recouvert d'un lino à fleurs trois bassins plats qu'il emplissait d'eau. Il ouvrait les cages et sa grosse voix tonnait :

– Au bain ! Au bain !

Le moment était venu de se tenir à l'écart. Tout le monde se précipitait dans l'eau et c'était l'arrosage en règle. Et ça piaillait en battant des ailes. Quelques minutes, puis mon oncle ouvrait toute grande la fenêtre qui donnait sur les toits des maisons situées en contrebas. Les oiseaux s'envolaient. Et moi de crier :

– Ils vont se sauver !

– Tu rigoles. Ils tiennent trop à la cantine.

En effet, au coup de sifflet, tous revenaient. Mon oncle battait alors des mains en criant :

– À la niche ! À la niche !

Et les oiseaux regagnaient leur dortoir sans jamais se tromper.

Au milieu de tout ça vivait un être placide et doux, que ce remue-ménage ne semblait pas déranger le moins du monde. Cet énorme setter noir et feu, très vieux et un peu sourd, ouvrait à peine un œil désabusé quand les oiseaux menaient leur bal. Il demeurait allongé sous l'établi où je me glissais pour passer les doigts dans ses longs poils souples et soyeux. Il se nommait Dianeau, mais on ne l'appelait que Nono.

Pour le mener à la chasse, mon oncle le faisait

monter dans le side-car de son antique motocyclette. Nono se tenait bien droit dans le fond de cette caisse en forme de cigare trapu dont le siège avait été retiré. Le nez au vent, il semblait très fier et fort heureux d'admirer le paysage. Il accompagnait également mon oncle à la pêche. Si j'étais de la partie, je prenais place sur le tan-sad d'où je dominais Nono qui n'avait pas le moindre regard pour moi, trop occupé qu'il était à surveiller la route.

CHEZ oncle Paul, il y avait une chatte. Elle était grise très bien tigrée. Elle s'appelait Moune. Elle avait été habituée très jeune aux oiseaux et pouvait venir dans l'atelier sans jamais essayer d'en toucher un. Cependant, elle y venait peu. Elle aimait le silence et le calme. Tous ces piailleurs lui cassaient les oreilles. Je crois me souvenir qu'elle avait au moins dix-huit ans. Elle restait la plupart du temps à la cuisine, avec ma tante.

Tante Francine, forte personne barbue et moustachue, ne se déplaçait que très lentement. À l'entendre, elle souffrait de mille maux qu'on ne pouvait soigner qu'avec des tisanes et des sangsues. Elle allait récolter des fleurs et des herbes dans la Prairie d'Assaut et le long du canal. Quant aux sangsues que mon oncle allait pêcher dans le contre-fossé, elle les gardait dans un grand bocal plein d'une eau un peu croupie. De temps en temps, elle en capturait une qu'elle se collait derrière l'oreille. Lorsque l'animal était bien gonflé, elle le remettait dans le bocal et en prenait un autre. J'aimais cette tante un peu étrange, mais je dois bien avouer que la présence de ces vers aquatiques derrière ses oreilles me déplaisait un peu. Je redoutais toujours d'en découvrir un dans les plats pourtant excellents qu'elle nous servait.

Je ne me souviens pas de la mort de Nono et de Moune ni du déménagement de mon oncle et de ma tante, je sais seulement qu'un jour, au lieu que j'aille les rejoindre dans leur boutique pour mes vacances, mon oncle vint me chercher à moto et me conduisit à Rochefort-sur-Nenon, au nord de Dole, dans une vieille ferme où il avait déjà installé son atelier.

Nono avait été remplacé par Diane, une belle Bleu d'Auvergne docile et très douce. La chatte aussi avait été remplacée par une autre qui lui ressemblait beaucoup et portait le même nom.

Toutes les pièces de la maison donnaient au ras du sol si bien que je n'avais qu'à ouvrir la fenêtre de ma chambre pour que Moune vienne dormir avec moi. Et c'était là un grand plaisir pour elle comme pour moi.

À deux ou trois cents pas de cette demeure, coulait un ruisseau lent et assez profond où mon oncle tendait des nasses. Mais cette eau qui drainait une terre marécageuse n'était pas habitée que par les poissons, des couleuvres énormes sortaient des joncs et des roseaux pour venir jusque dans le poulailler de ma tante. Mon oncle travaillait face à la fenêtre, son fusil posé sur l'établi. Lorsqu'il en voyait une approcher de la maison, il la tirait sans avoir à se lever de sa chaise. Je crois que ce jeu l'amusait beaucoup.

Les toilettes étaient une minuscule construction de planches disjointes collée au pignon de la maison, précisément du côté où coulait le ruisseau. J'étais terrorisé quand je devais m'y rendre. Pour ne laisser passer aucune chance de tuer une couleuvre, mon oncle y allait avec son fusil. Tandis qu'il trônait sur la chaise percée, la porte large ouverte, les gens qui passaient sur la route lui souhaitaient le bonjour et il leur répondait d'un grand geste en leur demandant des nouvelles des moissons ou de la famille. Personne ne semblait gêné. Ni eux ni lui.

Mais il n'était pas le seul ennemi des reptiles. Moune aussi en tuait qu'elle traînait encore remuants jusque sur le seuil de la cuisine. Je redoutais toujours qu'elle en apporte un dans mon lit.

Un jour que nous étions à table, la chienne poussa un curieux jappement plaintif et partit en courant. Mon oncle se leva d'un bond en lançant :

– Y a quelque chose !

Il sortit et je courus derrière lui. À mi-chemin entre la maison et le ruisseau, Diane grognait en tournant autour de la chatte aux prises avec une couleuvre qui me parut énorme. Je restai en retrait. Mon oncle, qui avait empoigné une trique, s'approcha, mais il ne pouvait pas taper sur sa chatte. Je le vis hésiter quelques instants puis, lâchant son bâton, il empoigna le reptile à deux mains. J'étais paralysé. Ma tante, qui venait de nous rejoindre, s'avança et ramassa la trique. Mais elle non plus n'osait pas cogner. Je ne sais combien de temps mon oncle mit pour délivrer sa chatte, mais je me souviens que lorsqu'il y fut parvenu, j'étais en nage. En nage et glacé. Tremblant de la tête aux pieds.

La couleuvre tuée, Moune restait sur l'herbe, poussant des miaulements curieux. Ma tante la prit dans ses bras et la rapporta.

– Elle a été serrée, dit mon oncle. J'ai peur qu'elle ait des côtes cassées.

– Ça se pourrait, elle crache le sang.

Mon oncle sortit sa moto de la grange, mit la chatte dans un panier fermé, le panier dans le side-car et partit en pétaradant.

Lorsqu'il revint, il avait les yeux rouges et ce n'était pas dû au vent de la course. Moune était morte. Le vétérinaire avait dû la piquer. Mon oncle alla l'enterrer dans le fond du jardin, à côté du gros rosier qui grimpait sur la barrière. Il ne pleurait plus. Il était sombre. Il passa au moins trois jours à traquer les couleuvres dans tout le marécage et je pense qu'il fit un terrible massacre.

TANTE Francine était une cuisinière remarquable. Elle ronchonnait beaucoup. Se plaignait sans cesse, ne mangeait que des légumes à l'eau et des salades sans huile ni sel mais était toujours prête à se mettre en cuisine. Mon oncle avait une nuée de copains. Il lui arrivait de rentrer à six heures du soir avec quatre ou cinq personnes en disant :

– T'as bien un petit quelque chose qui traîne par là ?

J'ignore comment ma tante se débrouillait à une époque où le réfrigérateur n'existait pas encore : une heure plus tard, le couvert était dressé et les convives pouvaient passer à table. Comme petit quelque chose, vous aviez un repas complet digne des plus grands chefs. Servi avec des soupirs et des grognements par cette femme qui ne se mettait pas à table.

Le fait d'être si bien nourri chez lui n'empêchait pas oncle Paul de manger au-dehors chaque fois qu'il le pouvait. Quand nous partions en forêt ou au bord du Doubs, il s'arrangeait toujours pour que nous passions, au retour, du côté d'une guinguette à l'enseigne « Mon Plaisir ». Et le plaisir de ce grand gaillard qui se baignait dans le Doubs en toute saison, c'était précisément de me demander :

– Dis donc, mon petiot, il est bientôt l'heure du goûter, tu ne te sentirais pas des fois un petit creux à l'estomac ?

Ce petit creux, il fallait le boucher sans attendre. Et ce n'était pas avec une tartine qu'on pouvait le faire. C'était une friture de petits poissons, ou une omelette au lard bien baveuse avec une salade, du jambon, des charcuteries de toutes sortes. Ce qui n'empêchait pas ce géant de se remettre à table en rentrant pour faire honneur au souper préparé par tante Francine.

Quand je racontais ces frasques à ma mère, elle soupirait :

– Mon pauvre Paul. Dieu sait s'il est costaud, mais il tombera d'un coup, d'avoir trop bien vécu.

Oncle Paul devait en effet tomber d'un coup. Un matin d'été, alors qu'il bêchait son jardin. Et il est sans doute resté un long moment couché sur la terre sèche, le regard perdu dans le ciel, car lorsque ma tante l'a découvert, à la fin de la matinée, il avait à peine commencé son travail et même pas bu un verre de la bouteille qu'il avait emportée.

Sa chienne couchée contre lui gémissait doucement, sans oser bouger.

À Dole, il y avait une gourmandise qu'on ne trouvait nulle part ailleurs ; les glacés-minces de la maison Tirquit. La boutique ouvrait en haut de quatre marches de pierre qui prenaient leur vol juste à côté du porche de la Collégiale. Jamais ma tante ne m'aurait laissé passer devant ce magasin sans que nous y fassions une halte. Et toujours pour ces minces pains d'épice qui fleuraient bon la noisette et l'écorce d'orange. Un goût que je n'ai pas oublié.

Jamais ma mère ne venait à Dole sans acheter une ou deux boîtes de ces merveilles qui pouvaient se conserver fort longtemps. Mon père, qui n'avait plus de dents, les trempait dans son vin pour les ramollir. Un seul constituait un dessert de luxe.

La même confiserie vendait aussi des malakoffs, gros bonbons aux amandes grillées qui fondaient dans la bouche et qui, eux non plus, ne pouvaient être comparés à rien d'autre.

La boutique a disparu. M. Tirquit a sans doute emporté dans sa tombe les secrets de ses glacés-minces et de ses malakoffs. D'où venaient les recettes ? Sans doute de sa famille. Tante Léa, qui n'était jamais prise au dépourvu, nous expliquait :

– Le pain d'épice, c'est du pain d'épice. Il est meilleur qu'ailleurs parce qu'ils mettent tout ce qu'il faut dedans pour qu'il soit bon. Les malakoffs, c'est autre chose. La recette ne vient pas du tout du Malakoff qui se trouve à côté de Paris. Bien sûr que non ! C'est un grand-père de monsieur Tirquit qui l'a rapportée de la guerre de Crimée. Un homme qui se trouvait à Sébastopol dans l'armée de Mac-Mahon, en dix-huit cent cinquante et quelques, au moment de la prise du fort de Malakoff. C'est pour célébrer cette victoire qu'il a fait ces bonbons pour la première fois.

Je n'ai jamais pu savoir ce qu'il y avait de vrai dans ce propos qui faisait dire à ma mère :

– Ta tante Léa a toujours eu beaucoup d'imagination.

Mais ce qu'elle racontait ajoutait certainement aux saveurs de ces confiseries. Et je ne mangeais jamais quoi que ce soit qui sorte de chez Tirquit sans imaginer des zouaves sonnant la charge et grimpant à l'assaut d'un fort. Dans la fumée des obus, leurs chéchias ressemblaient d'assez près aux malakoffs qui vous fondaient dans la bouche et dont on aurait pu manger des cornets entiers sans se lasser.

MON oncle Paul avait un fils, mon cousin Marius, beaucoup plus âgé que moi. Sa femme et lui tenaient à Lyon, cours Gambetta, un petit café où il m'est arrivé aussi d'aller passer quelques jours de vacances. Je me souviens fort bien de mon premier séjour, marqué par la recherche d'un animal que je n'ai jamais rencontré.

Cette quête allait me conduire au bord du Rhône, en amont du vieux pont de la Guillotière, un soir, à l'heure où le soleil plonge derrière Fourvière et le dôme de l'Hôtel-Dieu. Sans doute cette image forte est-elle à l'origine de ma passion pour le fleuve et, peut-être, de mon besoin d'écrire. Mais, ce premier soir, ce n'était pas pour le Rhône que j'étais venu.

Mon cousin ne s'était pas étonné que, dès

mon arrivée, je lui demande de me conduire sur le quai. Comme je n'avais jamais vu de cours d'eau plus large que le Doubs, je fus impressionné par une masse d'eau pareille courant si vite et écumant de rage contre les piles du vieux pont que les vandales n'avaient pas encore démoli.

C'était pourtant bien autre chose que j'étais venu chercher là. Au cours de l'hiver, notre instituteur, M. Buffard, nous avait lu un passage du *Petit Chose*.

L'arrivée à Lyon du bateau à vapeur. La nuit tombante, le quai encombré et Daniel qui oublie à bord la cage où se trouve son perroquet. Ces pages pleines de mélancolie m'avaient ému aux larmes. Et j'étais là, au bord de ce fleuve qui avait vu Daniel débarquer pour la ville noire.

Rien ! Pas le moindre bateau à vapeur !

Je demandai à mon cousin si nous nous trouvions bien à l'endroit où ils accostaient. Il me regarda avec un certain étonnement, puis, me montrant, au bord du quai, d'énormes anneaux de fer rouillés et des pierres portant des traces de câbles, il me dit :

– Autrefois, les bateaux venaient sûrement là. Tu vois, les pierres ont été mangées par le frottement des filins d'amarrage. Mais il y a des années et des années qu'ils ne remontent plus jusqu'ici. Ils vont sur la Saône où il y a un grand port. Un de ces jours, je t'emmènerai voir ça.

Je ne sais plus s'il me conduisit au bord de la Saône. En revanche, ce dont je me souviens fort bien, c'est que j'eus grand-peine à retenir mes larmes. J'avais tant espéré retrouver ce perroquet ! Je m'étais tellement vu montant sur ce bateau pour y prendre la cage que j'étais persuadé que l'oiseau m'y attendait encore. Seulement, où était donc le bateau ? J'avais même imaginé la tête que ferait mon grand diable de cousin en me voyant me précipiter vers le perroquet, braillant :

– Vendredi ! Où est mon pauvre Vendredi ?

Je m'étais vu emportant la cage et courant par les rues de la ville avec le bel oiseau rouge et vert, à la recherche du Petit Chose.

Le héros de Daudet, alerté par les cris du perroquet, nous rejoignait. Il pleurait de joie en m'embrassant. Nous devenions des amis inséparables et nous partions tous les trois, à bord d'un bateau énorme qui descendait le cours du fleuve. Nous arrivions à la mer que nous traversions pour aborder à une île déserte. Là, nous ouvrions la cage. Le perroquet allait retrouver sa liberté.

J'ai depuis longtemps atteint l'âge dit de raison où l'on doit, paraît-il, cesser de rêver à l'impossible. Pourtant, je continue de chercher Daniel et son perroquet. Chaque fois que je me rends à Lyon, j'essaie d'aller sur le bas port, face à l'Hôtel-Dieu. Mais le Rhône n'est plus le fleuve qu'il était. Le vieux pont a disparu, le quai a perdu ses pavés têtes-de-chat où l'on se tordait les chevilles à chaque pas. Le progrès a tué la poésie et je dois fermer les yeux pour entendre encore en moi la cloche des vieux bateaux à aubes et les appels désespérés du bel oiseau rouge et vert.

MON cousin Marius avait hérité de son père l'amour des bêtes qu'il savait dresser à merveille. Le café qu'il tenait cours Gambetta formait un angle aigu avec l'avenue Félix-Faure. Derrière, passait la rue Créqui. L'immeuble était donc comme un îlot triangulaire autour duquel roulaient les voitures, les camions, les vélos et les tramways. Il y avait moins de circulation dans les années trente qu'aujourd'hui, mais bien assez pour tuer un bataillon de chats. Or, mes cousins possédaient une chatte d'un beau gris cendré aux yeux verts très clairs. Un regard qui avait quelque chose de troublant. Lorsque Mine me fixait, j'éprouvais vraiment le sentiment qu'elle lisait en moi. Je mentais à mes parents, à mes tantes, oncles, cousins et maîtres d'école, je crois que je n'aurais pas pu mentir à cette bête.

Mine avait appris à ne jamais traverser aucune des trois voies qui cernaient l'immeuble. Elle sortait et en faisait le tour sans descendre du trottoir. Elle rendait visite au bourrelier dont l'échoppe jouxtait le bistrot, à tous les autres voisins, mais rien n'aurait pu la faire descendre du trottoir.

Il n'y a qu'une chose que ses maîtres n'avaient jamais pu lui enseigner, c'était à ne pas voler. Seulement, il y avait Mirette, une fille de Diane, chienne de mon oncle Paul. Ma cousine posait un morceau de viande sur un plat, le plat par terre au milieu de la cuisine et disait à la chienne :

– Personne ne touche !

Nous enfermions les deux bêtes dans la cuisine et, sortant par le café, nous courions nous poster à la fenêtre pour jouir du spectacle. Allongée, le museau sur ses pattes, à trente centimètres du plat, la chienne veillait, l'œil mi-clos. Inévitablement, la chatte tentait de s'approcher. Elle tournait autour, rétrécissait le cercle peu à peu, s'asseyait l'air dédaigneux, s'allongeait en tournant le dos à la viande, comme pour dormir, puis, après deux ou trois minutes, elle se déplaçait lentement, restait sur place, avançait le nez en flairant. Puis allongeait une patte. Les babines de la chienne se retroussaient alors sur ses dents. Elle grognait en levant le museau et la chatte s'éloignait. Ma cousine affirmait qu'elle les avait laissées ainsi plus de trois heures et que la viande était toujours intacte.

Les clients du café adoraient cette chienne, mais personne jamais ne put lui donner un sucre. Elle n'acceptait que de ses maîtres. Ou alors, elle attendait qu'on lui dise :

– Prends !

Si un consommateur voulait le journal, il suffisait qu'il ordonne :

– Mirette, journal !

La chienne faisait le tour de la salle, se dressait contre toutes les tables jusqu'à ce qu'elle ait trouvé le journal. Elle le prenait alors pour l'apporter à qui l'avait demandé.

Où Mirette se montra vraiment d'une grande utilité, ce fut pendant l'Occupation. Alors que les gens faisaient la queue devant la boucherie, ma cousine continuait de tenir son café. Lorsque l'heure venait d'aller faire les courses, elle mettait dans un porte-monnaie l'argent, les tickets et un papier où elle avait noté sa commande. Le porte-monnaie dans la gueule, Mirette partait, très fière. Elle traversait les rues en attendant le bon moment et toujours entre les clous. Arrivée chez le boucher, elle passait devant les clientes alignées. Se dressant sur ses pattes de derrière, elle donnait son porte-monnaie au boucher. Bien entendu, tout le monde riait et personne jamais n'eut l'idée de se plaindre et de l'obliger à faire la queue. Le boucher la servait. Toujours aussi fière, elle revenait avec son paquet contenant la viande et le porte-monnaie. Malheur à qui eût voulu, chien ou homme, lui prendre ce qu'elle portait avec tant de soin.

JE me demande parfois si tous les enfants qui ont vécu leurs jeunes années dans une maison sans livres sont, comme je l'ai été, fascinés par la chose imprimée. Deux ou trois fois, je me suis trouvé à Lyon au moment de la grande foire. Bien entendu, mes cousins m'y conduisaient. J'étais très impressionné par la multitude de machines, de voitures, d'objets de toutes sortes qui se trouvaient exposés dans ces immenses bâtiments et même à l'extérieur. Le parc de la Tête-d'Or d'un côté, le Rhône de l'autre avec, entre les deux, le monde entier offert aux regards. À vrai dire, le petit gars mal dégrossi que j'étais ne savait pas où donner du regard. Ce qui m'intéressait surtout, c'était de ramasser des prospectus. J'en rapportais de pleins sacs chez mes parents. Ma mère levait les bras au ciel en s'écriant qu'il y avait là de quoi allumer le feu durant un an au moins. Mon père me traitait de fou, mais, autant que moi, il se mettait à lire, à admirer, à détailler aussi bien les machines agricoles que les raboteuses, les meubles, la vaisselle, l'outillage, les paniers, les stylos, les montres, les rouleaux compresseurs, les grues, les bateaux, les toiles de tente... La seule chose qui n'intéressait pas mon père, c'était tout ce qui touchait de près ou de loin à l'automobile.

Je regardais, je classais, je découpais parfois et, surtout, je lisais. Je ne comprenais pas grand-chose au fonctionnement d'une grue ou d'une rotative, mais je lisais tout de même pour le plaisir de lire. Beaucoup plus tard, j'ai même retrouvé des paquets de ces dépliants que j'avais essayé de coller ensemble et de recouvrir de carton pour en faire des livres.

Mes premiers livres, en quelque sorte !

Je ne les ai pas conservés et j'ai eu tort. Ces prospectus étaient le reflet d'une époque. Ce qu'ils montraient, et qui était alors à la pointe du progrès, serait certainement à mettre parmi les antiquités aujourd'hui.

Non, je ne les ai pas gardés et, pourtant, je fais partie de ces gens que les Québécois, dans leur belle langue si imagée, nomment des ramasseux. Une race d'hommes qui se noie aujourd'hui dans le flot furieux charrié par l'épouvantable civilisation du « jet ». Hé oui ! je suis l'un de ces rares dinosaures qui ramassent encore les bouts de ficelle et qui le font avec un certain plaisir.

AUSSI rugueuses qu'elles aient pu être, nos jeunes années nous reviennent toujours en mémoire avec un parfum qui nous grise. Des lueurs les baignent que nul soleil jamais ne fera pâlir. Et pour moi, rien ne fut véritablement rugueux car, jusqu'à mon apprentissage, je n'ai été entouré que d'êtres foncièrement bons et qui m'aimaient beaucoup.

Lorsque je me trouvais en vacances chez mon oncle Charles et ma tante Léa, il arrivait que le vieux soldat, sans m'en avoir prévenu la veille, décide de me faire lever à la pique du jour. Il entrait dans ma chambre et découvrait mon lit d'un grand geste en fredonnant *Le Réveil* :

« Si tu veux pas t'lever, fais-toi porter malade... »

Il me houspillait tandis que je courais me laver à la cuisine où il avait déjà mis à chauffer le café et le lait. Si j'hésitais, il prenait son énorme éponge et me faisait couler de l'eau glacée le long du dos. Si je braillais, il lançait :

– Tais-toi, tu vas réveiller le général.

Le général, c'était ma tante, bien entendu.

Je ne m'habillais jamais assez vite à son gré.

– Remue-toi, sacrebleu ! Qui c'est qui m'a foutu un soldat pareil ? Je ne veux pas de tire-au-flanc dans ma compagnie, moi. Allez, en route !

Ma main dans son énorme battoir, nous partions par l'avenue de la Paix presque déserte, puis nous traversions le cours Saint-Maurice pour nous arrêter à la Barrière. À Dole, on ne parle jamais de belvédère, on dit : la Barrière du Cours. De là, notre regard embrassait la Prairie d'Assaut, le Doubs, les canaux et, au loin, la forêt de Chaux qui fuit vers les montagnes bleues.

À nos pieds, à la jonction du canal du Rhône au Rhin et du canal Charles-Quint, le vieux bateau-lavoir plaquait une tache sombre. Souvent, des lavandières étaient déjà au travail et un filet de fumée montait de la cheminée. Le feu était allumé sous les lessiveuses. Mon oncle me parlait alors de son enfance, du temps où, à peine âgé d'une dizaine d'années, il parcourait des kilomètres à pied pour se rendre au travail. C'était terrifiant, pourtant, je prenais grand plaisir à l'entendre.

Quand mon oncle pouvait disposer d'un peu de temps dans l'après-midi, nous allions voir la maison natale de Pasteur. Que ma mère soit née dans la même ville que le grand savant m'impressionnait. J'avais appris par cœur l'admirable discours où il rend hommage à ses parents. Son : « C'est à vous que je dois tout », je l'ai souvent repris à mon compte, beaucoup plus tard, en pensant à mes parents et aux sacrifices qu'ils ont consentis pour moi. Car c'est d'eux que me vient l'essentiel de ce qui a nourri mes romans.

La région doloise est vraiment le Jura de ma mère : une ville surtout, de l'eau et une forêt sans bornes.

Le Jura de mon père est très différent. Et, s'il est important d'avoir grandi dans l'ombre de Pasteur, je crois aussi que le terroir de ma naissance et de ma petite enfance compte énormément dans ce que je tiens pour les éléments essentiels qui peuvent donner couleur à une vie.

Si je suis riche – et je ne parle pas d'argent –, ce n'est pas de rien. Être né sous le triple signe du pain, du sel et du vin, il me semble que c'est une chose de poids. Or, le Jura de mon père est précisément celui que dominent ces trois éléments. Lorsque mon père était boulanger, il livrait du pain aux gens des Salines, et à bon nombre de vignerons. Il était parfois payé en sel et en vin. N'est-ce pas une merveille que de naître sous le signe de pareils échanges ?

Cela ne m'a pas fait devenir bon. Et je le regrette souvent.

Le Jura de mon père était donc une petite partie du Revermont. À peu près ce qu'un bon marcheur peut parcourir en une journée en partant de Lons-le-Saunier à l'aube pour y revenir à la nuit tombante.

Au Jura de ses tournées, mon père ajoutait celui des champignons. Quelle joie que de prendre avec lui le petit train poussif qui nous déposait sur le premier plateau où il n'y avait plus qu'à marcher et se baisser pour cueillir les mousserons et les rosés-des-prés. La sacro-sainte automobile a tué ces petits chemins de fer. On a abandonné les admirables voies ferrées dont la construction, avec tant de tunnels et de viaducs, a coûté beaucoup de sueur à nos ancêtres.

Si nous étions restés dans notre wagon plus longtemps, nous aurions fini par atteindre la ligne de partage des eaux entre l'ouest et l'est, que suit à peu près la frontière suisse. (Soit dit en passant, les Suisses ont su conserver leur très beau réseau de petits chemins de fer, si bien que leur pays est sans doute le seul au monde où l'on puisse se rendre partout sans automobile.) C'est pourtant l'automobile qui allait me conduire pour la première fois sur l'autre versant du Jura. Et quelle automobile !

J'avais alors, à Champagnole, des cousins qui tenaient une boulangerie. Plus jeune et beaucoup plus moderne que mon père, mon cousin faisait ses tournées avec une camionnette dont je me demande si elle ne sortait pas d'un musée. Le dimanche, il lui arrivait de venir nous chercher pour une promenade. Mon père prenait place à côté du cousin, sur la banquette avant ; ma cousine, ma mère et moi, nous montions derrière, dans l'espèce de caisse en tôle obscure qui sentait le pain, où nos pieds faisaient craquer des miettes. À la place des grandes corbeilles, mon cousin avait installé des banquettes très basses. Entre sa tête et la casquette de mon père, nous pouvions voir un tout petit peu la route, mais moi, ce n'était pas ce qui m'intéressait. Dans cette caisse extrêmement bruyante où nous étions très secoués, j'ai voyagé à bord d'un sous-marin, d'un torpilleur, d'un char d'assaut et même d'un avion. Quand nous arrivions, le cousin descendait pour nous ouvrir la porte arrière et nous découvrions le paysage.

C'est ainsi qu'un jour, après une très longue route sinueuse, après une rude montée et une descente en virages dans la forêt, le cousin nous ouvre la porte. Nous sortons et, là, je reste le souffle coupé.

Est-ce l'océan dont j'ai tant rêvé que j'ai devant moi ? Non, il y a des montagnes en face. Nous sommes en été et ces sommets portent encore de la neige que le grand soleil ne fait pas fondre.

Quel éblouissement !

Le Léman est là, dans toute sa grandeur, dans sa splendeur d'été. Ma mère me tient la main mais c'est inutile, je ne vais pas m'élancer vers la plage. Je suis figé. Pétrifié d'admiration.

Je ne saurais préciser le lieu, tout ce que je sais c'est que, derrière nous, grimpe un coteau planté de vignes. Et mon père, au lieu de contempler ce spectacle grandiose du lac et des Alpes, regarde le vignoble. Hochant la tête, il dit avec admiration :

– Ces gens-là sont de fameux vignerons !

Leurs vignes sont bigrement bien plantées, et propres comme un sou neuf.

Sur le coup, j'étais bien trop estomaqué pour penser quoi que ce soit. Mais, au retour, encore plein de cette lumière unique du Léman qui emplissait la caisse obscure de la camionnette, je me demandais si mon père n'était pas un peu fou. Admirer une vigne quand on a le lac à regarder, vraiment, quelle idée !

Depuis longtemps, j'ai compris. Pour tous les hommes comme lui, la belle ouvrage bien faite compte beaucoup plus que le reste. Une vie presque totalement consacrée au travail lui avait forgé une âme que bien peu seraient en mesure de pénétrer de nos jours. Et ce qu'il m'a laissé de plus précieux en héritage, c'est sa passion du travail. Mais le mien est moins pénible que toutes les tâches qu'il a menées durant sa vie.

Si je l'ai parfois entendu grogner ou soupirer parce que ses vieilles douleurs lui taraudaient les membres, du moins ne l'ai-je jamais entendu dire que la besogne était trop dure ou trop longues les journées.

LES repas de Noël et de Pentecôte à Dole réunissaient une bonne partie de la famille. C'est là que je voyais le frère aîné de ma mère, mon oncle Francis. Petit homme chauve et rondelet, plein de verve et d'humour. Il avait été chef de gare, ce qui m'impressionnait beaucoup, mais ce que j'aimais surtout chez lui, c'est qu'il était poète. Je regrette qu'au cours de mes déménagements ses lettres se soient perdues, car il m'écrivait toujours en vers. Généralement, en alexandrins. Pour Pâques, pour le nouvel an, au moment des grandes vacances, nous recevions de lui des cartes postales portant un poème ou de longues lettres sur du papier d'écolier où sa belle écriture très bien moulée et régulière nous racontait sa vie sur un beau rythme et avec des rimes parfaites.

J'essayais de l'imiter, mais je ne crois pas avoir jamais osé lui répondre en vers. Pour l'amoureux de poésie que j'étais, l'oncle Francis ou Victor Hugo, c'était à peu près la même chose. Simplement, Hugo n'avait jamais été chef de gare et il n'avait pas pris sa retraite à Beaumotte-lès-Pin.

MON père, qui avait livré du pain à Vernantois durant des années, aimait à rappeler qu'il livrait aussi de la brioche et des galettes au comeau. Et il précisait toujours :

– La pâte des galettes, je l'étendais avec un rouleau qui venait de chez un ami tourneur. Et son tour, c'était l'eau de la Sorne qui le faisait marcher. Et la Sorne, elle arrose le pied des vignobles fameux. Et ma galette, on la mangeait en buvant de ce vin-là !

Quand je dis que la géographie sentimentale est la plus importante, je sais de quoi je parle ! Comment voulez-vous que j'oublie de pareils propos, même si j'ai oublié depuis longtemps le tracé exact de certaines frontières ou l'altitude de certaines montagnes ?

Je ne sais plus si c'est saint Martin qui est le

patron de Vernantois, mais je me souviens fort bien que c'était vers la mi-novembre que, chaque année, nous nous rendions dans ce village pour un repas comme on n'en fait plus.

Dès le matin, vêtus comme des princes, nous montions dans un autocar haut sur pattes dont la carrosserie très carrée faisait encore plus de bruit que le moteur.

Rendus à Vernantois, c'était pour moi une immense joie car les enfants ou petits-enfants des vignerons qui nous accueillaient m'entraînaient avec eux. Pour ne pas avoir l'air plus timorée que les autres, ma mère était bien obligée de me laisser aller. Les manèges (encore fermés), les vignes où l'on pouvait grappiller et la Sorne, où l'on ne manquait pas de gâter nos beaux vêtements, nous offraient un monde de plaisirs.

Nous rentrions pour le repas. Une longue table où les pâtés, les volailles, le cochon, les fromages, les tartes, les brioches, la soupe, les autres viandes, etc., allaient se succéder en un seul repas de midi à dix ou onze heures du soir. S'il n'y avait pas un convive pour nous ramener à Lons à bord de son auto, le vigneron attelait son cheval à un tilbury où nous prenions place en nous tassant un peu. Et c'était merveille que de voir la croupe et le dos de la bête danser dans la lueur de la lanterne.

Mais le plus grand moment de la journée – du moins pour moi –, c'était après le premier service, à l'heure des desserts, quand mon père se levait sans qu'on eût à l'en prier, et, posant ses deux mains sur le dossier de sa chaise, se mettait à chanter.

Il commençait invariablement par *La Chanson des blés d'or* puis venait *Le Temps des cerises* dont tout le monde reprenait le refrain. Et il y avait deux chansons qu'il chantait toujours avec des sanglots dans la voix et qui devaient émouvoir tous les convives, c'étaient *La Butte Rouge* et *Va danser*, ce chef-d'œuvre bouleversant dont j'ignorais alors le nom de l'auteur – comme mon père devait l'ignorer aussi – Gaston Couté.

À quelle heure le vigneron qui nous avait reconduits regagnait-il Vernantois ? Je n'en sais rien, mais je sais qu'au moment où, tombant de sommeil, je montais me coucher, mon père sortait la goutte de l'amitié.

La goutte comme le vin jaune font partie de ce qui réchauffait un peu la vie si pénible des gens de ce temps. Je les revois, ces hommes rudes, levant leur verre en direction de la lumière, le regardant longtemps en l'inclinant un peu avant de le humer à petits coups. Et là, attendre encore pour oser y porter les lèvres. Je les revois mâchant le vin.

– Oui, faisaient-ils gravement en hochant la tête, ça, c'est du vin !

De la goutte, j'ai conservé un souvenir tout imprégné de mystère. Le mystère des nuits. Car on cuisait la nuit. Je n'ai jamais su si c'était pour échapper au contrôle des rats de cave, ces employés du fisc tant redoutés des vignerons et des bouilleurs de cru.

L'alambic se trouvait chez un voisin, dans la

buanderie. Et c'était impressionnant, cette chaudière surmontée de cuivres qui luisaient dans la pénombre. Le feu ronflait. Les hommes besognaient dans la fumée, la vapeur et des odeurs écœurantes. Ma mère m'y conduisait pour que je puisse regarder rapidement, mais, très vite, elle me ramenait à la maison où j'avais bien du mal à m'endormir. J'imaginais des brigades de gendarmes à cheval encerclant le jardin du voisin et prenant d'assaut la buanderie pour arrêter mon père et le mener en prison. C'était à la fois terrifiant et exaltant car j'avais une telle confiance en mon père gymnaste, que je finissais toujours par l'imaginer bondissant par la fenêtre, exécutant une série de sauts périlleux et se retrouvant sur le cheval d'un gendarme. Le brigadier et ses hommes étaient à ce point médusés qu'ils ne reprenaient leurs esprits que trop tard. Mon père avait déjà disparu au bas de la rue des Écoles.

S'il est exact que *Les Contes du lapin vert* de Benjamin Rabier ont enchanté ma petite enfance, mon premier manuel de lecture devait m'ouvrir des portes sur une lumière qui continue de veiller en mon cœur. Ces phares, ces hommes que Romain Rolland appelle si justement des « compagnons de route », resteront pour moi d'une extrême importance.

Au fond, je pourrais presque dire que le célèbre « Lyonnet et Bessaige » que je garde depuis plus de soixante ans à portée de la main a succédé aux almanachs tout naturellement. Simplement, il fut acheté d'occasion par ma mère à des voisins dont le fils quittait l'école au lieu de nous être apporté, en plein décembre, par un colporteur qui sentait fort le cuir et à qui mon père payait la goutte.

Dans notre maison, l'Almanach était un personnage important. On le consultait pour qu'il nous indique le temps, la lune, la bonne semaine pour semer les salades ou repiquer les tomates.

Parce que la lune entrait dans tel signe et le soleil dans tel autre au moment des Rogations, dès ce début décembre, on vous donnait le temps qu'il ferait au mois d'avril prochain. Et avec une précision incroyable. « Après quatre jours de beau, le 5, tonnerre et pluie, les 6 et 7, frais. Du 8 au 9, nuits fraîches et journées chaudes. Pluies vers la fin. Menaces de gel. Etc. »

Calmement, mon père annonçait :

– Tonnerre en avril emplit les barils.

Bien entendu, on ne lisait pas ce volume d'une seule traite. On y revenait à peu près chaque soir pendant tout l'hiver. Ma mère réglait si c'était nécessaire la mèche de la lampe et ouvrait l'Almanach. C'était toujours elle qui lisait, mais, chaussant ses petites lunettes ovales à monture de métal, mon père se penchait parfois pour vérifier un point délicat ou pour regarder une image.

Car l'Almanach était illustré. On y voyait une

femme en train de traire une vache, une autre occupée à tondre un mouton, un homme coiffé d'un étrange galurin à plume coupait à la faucille du blé plus haut que lui. On y voyait également, dessinées à la perfection, des maisons, des églises, d'énormes fermes avec leur bétail et leur matériel de labour.

Comme bon nombre d'hommes de mon âge, j'ai une mémoire plus précise de mon enfance que de ce qui s'est passé voilà dix ans. Tout au moins pour certaines choses. Des images bien plus que des textes ou des faits. Par exemple, je me souviens d'une page où l'on voyait au travail des flotteurs de bois.

Dieu ! que j'ai pu contempler ce dessin ! C'est sans doute parce que l'eau m'a toujours fasciné que je convoitais tant la vie dangereuse de ces hommes. Il me semble les voir encore bondissant d'un tronc d'arbre à un autre, emportés par le courant d'un torrent.

Les neiges aussi m'attiraient et je me souviens qu'il y en avait toujours beaucoup dans ce volume.

Donc, mes parents lisaient, commentaient,

mais tout ça n'était pas gratuit. Ce faisant, ils travaillaient. Ils préparaient le jardin.

– Je sèmerai la première laitue après cette lune. Je mettrai mes tomates cette semaine-là.

Le gros index tout couturé de mon père se posait sur la page où le crayon de ma mère écrivait, dans la marge :

« Laitue. Tomates. Haricots. »

Ainsi l'année à venir s'organisait-elle en fonction de ce que nous disait ce visiteur de décembre.

Ah ! j'allais oublier une chose très importante : les foires. On les commentait aussi et, presque toujours, elles étaient l'occasion de quelques évocations pittoresques. Car il se passait sur les foirails des événements étonnants. Peut-être les gens n'étaient-ils pas plus amusants que de nos jours mais, parce que le monde n'était point, comme aujourd'hui, saturé d'images par les téléviseurs, le spectacle de la vie avait beaucoup plus d'importance. Il retenait l'attention. On se souvenait sans rien noter, sans avoir recours à un magnétophone ou à un appareil photographique, et on savait raconter. Évoquer.

Faire renaître formes, couleurs et sons par des mots très simples.

Voilà d'ailleurs qui me fait penser que la photographie n'était plus à inventer (tout de même, je ne suis pas si vieux) et que, bien qu'elle fût déjà très répandue, il n'y en avait aucune dans l'Almanach. Et j'en suis à me demander s'il me resterait des souvenirs aussi forts de photographies que de ces dessins à gros traits (souvent des bois gravés) qui ornaient ces pages. C'est que la puissance de l'artiste devait passer par cette imagerie un peu naïve. Sans doute était-ce l'âme des gens les plus proches de la terre.

Loin de moi la volonté de priver l'Almanach des techniques modernes, mais, lorsque j'en ouvre un d'aujourd'hui, il m'est précieux d'y retrouver un certain parfum d'hier. Ce n'est point du passéisme, seulement la conviction profonde qu'il est certains moyens de communication qui doivent conserver des liens étroits avec leur origine.

Si le messager des étoiles continue de dire par exemple :

« Orage d'octobre
Rend le vigneron sobre »,

et, à la page suivante :

« En octobre tonnerre

Vendanges prospères »,

il est absolument indispensable que cette contradiction soit exprimée sous cette forme. Si elle l'est comme le ferait un ordinateur, plus rien ne tient. Non point que l'ordinateur ne se contredise jamais, mais simplement parce que son langage n'a point place en un moyen d'expression qui nous vient du fond des temps et qui se doit de rester fidèle à certaines traditions. À une certaine couleur dont l'éclat risquerait d'être terni par trop de précision.

Il y a une poésie spécifique de l'Almanach qui ne doit pas disparaître. Son départ entraînerait la fin de ce qui fut la nourriture de générations et de générations d'êtres qui n'avaient rien d'autre à lire.

Car c'est là aussi un point qu'il ne faut pas oublier : si nous attachions tant d'importance à ce personnage, c'est qu'il entrait chez nous (comme chez beaucoup d'autres personnes de notre condition) dans une maison à peu près sans livres. Et c'est pourquoi, après l'avoir feuilleté pour lui faire dire ce qui réglerait le travail de la terre, mes parents le reprenaient pour y lire ce que l'on peut appeler la partie récréative.

Je me souviens moins de cela. Je sais seulement que l'on riait beaucoup. On s'extasiait aussi. On frémissait de temps à autre. Du moins était-ce mon cas lorsque ma mère, à la tombée de la nuit, profitait des dernières lueurs pour me lire une vieille légende. Car c'était aussi une des fonctions de l'Almanach que de recueillir ce que Henri Pourrat baptisait : « Le trésor des contes. »

Entre les humeurs de la lune, les grimaces du soleil et ces textes dont l'origine est inconnue, l'Almanach nous offrait mille et mille richesses. Énormément de poésie et de mystère.

Je regrette vraiment de n'avoir pas conservé un de ces compagnons des veillées de mon enfance. Il me serait infiniment précieux, ce soir, de l'ouvrir, d'en respirer l'odeur de papier vieilli. C'est avec lui que j'aimerais partir à la recherche du temps perdu. Le temps si précieux que partageaient les êtres chers depuis longtemps disparus.

Donc, l'Almanach nous parlait surtout de l'avenir alors que le « Lyonnet et Bessaige » nous entretenait du passé.

Ce fabuleux ouvrage s'ouvrait sur un texte qui m'a beaucoup fait rêver : « Le microscope. » Très beau chapitre de *La Gerbe d'or* d'Henri Béraud.

Sans doute à cause de nos visites à la maison de Pasteur, comme le petit Béraud, j'avais souvent eu envie d'un microscope. Comme le petit Béraud, j'étais fils de boulanger et, toujours comme lui, je rêvais d'être écrivain. Mais mes parents n'avaient pas les moyens de m'offrir un microscope. Je le savais. Je ne me souviens pas d'en avoir jamais parlé. Je relisais Béraud qui nourrissait mon rêve.

La deuxième semaine du manuel s'ouvrait sur des pages bien plus fortes. Bouleversantes et dont je sus bientôt une bonne partie par cœur.

« Sulphart blessé. » Un chapitre des *Croix de bois*. Lisant, relisant, apprenant ces pages, je ne pensais pas alors que Roland Dorgelès m'honorerait un jour de son amitié. Je ne savais pas que grâce à lui j'obtiendrais le prix Goncourt.

Ainsi des bonheurs d'enfance peuvent-ils un jour déboucher sur de belles joies d'homme.

J'ai passé bien des heures d'une grande richesse en tête à tête avec Dorgelès, je ne me souviens pas d'avoir une seule fois pénétré dans la pièce où il se trouvait cloué dans son fauteuil, sans avoir un instant été visité par la vision de notre petite cuisine en hiver avec, sur la table, mon manuel ouvert à cette page.

Je passe très vite sur d'autres chapitres qui me bouleversaient aussi, comme celui où Louis Pergaud raconte l'horrible délivrance de la petite fouine Fuseline qui se ronge la patte pour se libérer du terrible piège où elle est prise. Et j'en arrive à l'un de ceux qui m'ont le plus longtemps fait voyager et qui commençait ainsi : « Samuel Chapdelaine et Maria allèrent dîner avec leur parente Azalema Larouche... »

En frontispice, un lavis montrait le cheval Charles-Eugène en plein effort, tirant le traîneau vers la berge alors que la glace commençait à se fendre sous les patins. De la neige, de la glace, un voyage qui nous faisait un peu trembler, un cheval portant des noms d'hommes. Les horizons de voyage étaient là, devant nous.

Devant moi surtout car si, à l'école, nous parlions du Canada comme d'un paradis que nous brûlions de connaître un jour, à la maison, je me contentais de lire en silence et de rêver.

Je ne sais combien d'années ont coulé avant qu'il me soit possible de découvrir ces ouvrages dont quelques pages m'étaient entrées dans le cœur, je sais que le premier de tous fut le Pergaud qui se trouvait chez mon oncle où l'on me permit également de lire *Les Croix de bois*, mais un peu plus tard. Pour *Maria Chapdelaine*, c'est seulement longtemps après avoir quitté l'école qu'il me fut possible d'acheter d'occasion un exemplaire de cette édition populaire illustrée de bois gravés, publiée par Fayard et qui est, en quelque sorte, un ancêtre luxueux du Livre de Poche.

La peinture a tenu une place considérable dans mon enfance et dans ma jeunesse. Naturellement doué pour le dessin, j'ai beaucoup été aidé et encouragé par ma tante Léa. Elle peignait, elle me fit travailler avec elle durant mes vacances et c'est elle qui m'offrit mon premier chevalet et ma première vraie boîte d'aquarelles.

Elle me conduisait aussi chez son voisin, M. Carmille, vieillard impotent qui passait son temps devant de grandes toiles où il copiait des cartes postales. Il acceptait ma présence à condition que je reste assis dans un coin sans bouger ni parler. Il me donnait du carton, des pinceaux et des restes de tubes de peinture à l'huile. Quand je regagnais l'appartement de ma tante, j'étais bon à nettoyer de la tête aux pieds mais j'avais passé un après-midi de rêve.

Si je n'ai pas pu entrer à l'école des Beaux-Arts, c'est que Puvis de Chavannes avait laissé « une ardoise » à mon père qui ne l'avait pas oubliée. Pour lui, les peintres étaient des gens qui ne payaient pas leur pain.

Beaucoup plus tard, alors que j'étais déjà sorti d'apprentissage et que je travaillais à Lons, au « Prince d'Orange », je passai un jour devant une galerie où se trouvait une exposition d'un peintre étrange. Il y avait là des pastels et des huiles où la lumière était étonnante. Presque toutes les œuvres s'inspiraient de poèmes. Le grand parc solitaire et glacé de Verlaine, les nuits de Vigny, les pendus de Villon.

Quand je rentrai à la maison, je montrai à ma mère une carte d'invitation que l'on m'avait remise à la galerie et je lui dis mon émerveillement.

– Eh bien, me répondit-elle, si tu veux connaître ce peintre, ce n'est pas difficile, il loge chez nos voisins, les Charlar.

Mon père qui avait l'art de déformer les noms

ne put jamais appeler autrement que Belbochton cet artiste qui se nommait Delbosco.

Bien entendu, je me précipitai chez nos voisins où je fis connaissance d'un personnage hors du commun. Delbosco, qui connaissait *Les Fleurs du mal* par cœur, n'était certes pas un grand peintre, mais il allait m'aider à pousser les portes du monde de la poésie où j'aurais pu me perdre. Grâce à lui, je découvris des richesses que je n'avais jamais imaginées. C'était un monde dangereux car on y buvait plus que de raison ; je devais m'en tirer assez bien, protégé de la boisson par le sport que je continuais à pratiquer.

S'il ne m'a appris ni à peindre ni à dessiner, Delbosco m'a fait découvrir que même quand on a quitté l'école très tôt, on ne doit pas avoir peur de s'exprimer.

Et puis, il avait de l'humour. C'était un très bel homme, toujours vêtu comme un prince. Peut-être le fait qu'il en imposait eût-il pu amener mon père à réviser son jugement sur les peintres, hélas, il le vit un soir rentrer ivre, braillant une chanson à boire et tenant à la main ses bottes de cuir dans lesquelles des ivrognes avaient versé quelques litres de vin. Non seulement les peintres ne payaient pas leur pain, mais ils se saoulaient et gaspillaient le vin qui coûtait tant de peine aux vignerons. Et s'il y avait une chose que mon père ne pouvait accepter, c'était qu'on ne respecte pas le travail des autres. Si on ajoutait à cela le gaspillage, on ne méritait plus une once d'amitié.

QUAND on demandait son âge à mon père, il ne disait jamais qu'il était né en 1873, il répondait :

– Classe quatre-vingt-treize !

Et il lançait ce chiffre fièrement, comme les conscrits de jadis devaient brandir leur drapeau et leurs cocardes.

Il eut donc soixante ans en 1933. J'avais dix ans. De cette année cruciale, je n'ai rien retenu de ce qui allait décider du sort du monde. Les cinq cent mille chômeurs en France, l'arrivée d'Hitler au pouvoir en Allemagne, plébiscité avec quatre-vingt-quinze pour cent des voix. Je me souviens seulement qu'on parlait beaucoup d'un certain Stavisky (dont, soit dit en passant, les exploits paraîtraient bien pâles aujourd'hui), et j'ai également conservé en mémoire – mais parce que ce sont des choses qui frappent un enfant – une charge de la police montée sur les trottoirs et la chaussée du cours Gambetta, à Lyon où j'étais en vacances. Il s'agissait des Croix de Feu. Je ne vis ni feu ni croix, mais seulement un cheval et un cavalier casqué tomber sur les pavés entre les rails luisants du tramway. Nous regardions ce spectacle par un vasistas car les volets du café étaient clos. J'entends encore la voix de basse de mon cousin lancer :

– Pauvre bête !

Et ma cousine répliquer :

– Tu pourrais dire pauvre homme. Regarde, il a peine à se relever.

– L'homme, je m'en fous, s'il a choisi ce métier, il savait à quoi il s'exposait. Mais le cheval, on lui a pas demandé son avis. Il préférerait sûrement être dans une bonne prairie !

C'est à peu près tout ce que j'ai retenu des événements de cette année si chargée. Cependant, ce qui, bien longtemps, m'a paru le moment le plus important, c'est le banquet des soixante ans.

Mon père en costume sombre, chemise blanche et cravate. C'est le milieu de la matinée.

Ma mère a préparé une gerbe de fleurs très belle, mais pas trop grosse pour que je puisse la porter. C'est mon père qui s'en charge jusqu'à un café qui se trouve place Lecourbe, au début de la rue Lafayette. Je revois très bien la salle où les hommes buvaient l'apéritif et où l'on me servit une grenadine avec de la limonade. Pour quelle raison mon père fut-il désigné pour porter le drapeau ? Je l'ignore. D'autres arboraient des médailles, lui n'en avait pas. Il prit donc la tête du cortège et moi, portant la gerbe, je marchais à sa droite.

Tout le monde nous regardait passer. Et je voyais mes copains qui devaient en baver d'envie. Ainsi jusqu'au monument aux morts où je remis la gerbe à deux hommes qui allèrent la déposer devant ces grandes dalles couvertes de noms. Je sais que l'un d'eux n'avait qu'un bras et que l'autre boitait bas. Il y eut des sonneries de clairon, une minute de silence puis, tandis que les conscrits se dirigeaient vers un restaurant, je rentrai seul à la maison.

J'étais un soldat qui venait de prendre part au défilé de la victoire.

MON père s'est éteint après la Seconde Guerre mondiale, alors que grondaient déjà dans le ciel des avions à réaction. Né à l'époque où la plus grande vitesse connue de l'homme était le galop du cheval, il mourait à l'heure où l'on franchissait le mur du son.

Jusqu'au bout, il aima raconter sa jeunesse, ses joies et surtout ses peines. Il expliquait que son père, ramoneur savoyard qui s'en allait de ville en ville avec sa marmotte sur l'épaule, venait chaque année ramoner la cheminée du four. Tombé amoureux de la fille du boulanger, le Savoyard était devenu jurassien en passant de la suie à la farine. Quant à lui, au fournil dès l'âge de dix ans, à une époque où l'électricité ne venait pas encore dans la ville, il avait connu le pétrissage à bras et le four éclairé avec des lumignons. Tout cela paraîtrait appartenir à la préhistoire aux mitrons d'aujourd'hui et surtout aux ouvriers des usines à pain qui appuient sur un bouton pour mettre en route une diviseuse puis un four roulant.

Enfant, il m'arrivait de trouver que mon père rabâchait un peu avec ses récits d'un autre temps. Plus de trente ans après sa mort, un jour que j'étais devant la tombe où il a rejoint ma mère, un vieillard s'approcha de moi et se mit à évoquer quelques souvenirs de sa propre jeunesse.

– Il y a une chose que je n'ai jamais oubliée, me dit-il. Et pourtant, il en a coulé, de l'eau, sous les ponts, depuis ce temps-là ! Je n'ai jamais oublié le pain que cuisait votre père. Rien que d'y penser, l'eau me vient à la bouche.

Il marqua un temps. Son regard, qui semblait scruter les lointains des années écoulées, s'éclaira soudain tandis qu'il ajoutait :

– J'ai beau chercher, je n'en ai plus jamais mangé d'aussi bon.

Je demandai alors à ce monsieur s'il se souvenait d'un mot prononcé à l'époque par un homme politique ou s'il avait encore en mémoire le nom du président du Conseil ou du député du Jura. Non, il ne se rappelait rien, mais il avait encore dans la bouche le souvenir du pain que ma mère lui vendait. Le souvenir de ce morceau qu'on appelait le bon poids et que l'énorme couteau tranchait pour l'ajouter à la miche ou au jocot de deux kilos.

Qui donc a le premier parlé de l'échelle des valeurs ? Cette rencontre dans l'allée du cimetière remettait bien des choses à leur place.

Je crois avoir quelques raisons d'être fier de mes parents.

À cette rencontre avec un inconnu, je dois un de ces petits bonheurs dont j'ai toujours plaisir à me souvenir. Un de ces moments heureux de trois fois rien dont fut certainement jalonnée la vie de mes parents, cette existence que d'aucuns devaient trouver d'une affligeante pauvreté et dont je sais qu'elle était d'une très grande richesse.

Certains affirment qu'au moment de son agonie, l'homme revoit l'essentiel de sa vie. S'il en est ainsi, je sais très bien que mon père s'est vu dans son jardin, dans son fournil, et certainement a-t-il passé en revue tous les chevaux qui l'avaient accompagné durant sa vie de boulanger. Il en avait si souvent parlé qu'ils n'ont certainement pas pu le quitter avant son dernier souffle. Il les avait toujours dressés lui-même de manière à ce qu'ils l'aident vraiment dans son dur labeur.

À l'époque, les journées commençaient au fournil entre dix heures du soir et minuit pour se terminer vers midi. Là, mon père mangeait rapidement et, tandis que ses geindres montaient se reposer, il chargeait sa voiture et attelait. Il mettait son cheval sur la bonne route – car la tournée changeait chaque jour de la semaine –, puis il s'endormait sur son siège. Le cheval allait sagement et stoppait devant la maison du premier client. L'arrêt du roulement réveillait le boulanger qui servait son pain, remontait et se rendormait jusqu'à la station suivante.

De retour vers la fin de l'après-midi – c'est-à-dire de nuit en hiver –, mon père dételait, soignait sa bête et montait se coucher après avoir avalé un bol de soupe.

En suivant le corbillard tiré par un cheval qui emportait mon père vers sa dernière demeure, c'est à cette vie que je pensais en me demandant comment les hommes de sa génération avaient pu résister à pareil bagne. Certes, il était comme il le disait lui-même : « usé avant l'âge ». Pourtant, à soixante ans passés, quand il venait le soir faire un tour dans la salle de gymnastique où, jeune minime, j'allais m'entraîner, le voyant arriver, les moniteurs disaient :

– Voilà le vieux, on va le mettre aux anneaux.

Il se faisait toujours un peu prier en parlant de son âge, de son asthme dû à toute la farine qu'il avait respirée et qui lui brûlait les bronches. Mais il finissait par céder : montée en force, croix de fer, équilibre et sortie piquée parfaite. J'en étais rouge de plaisir tandis qu'il reprenait sa veste, sa casquette, ses sabots et rallumait son mégot pour s'en aller, certainement tout heureux d'avoir impressionné des athlètes de vingt ans. C'est qu'il n'avait jamais cessé de pratiquer dans son hangar où il avait pendu des anneaux et une corde lisse, matériel qui faisait hausser les épaules à ma mère :

– S'il avait des hernies comme moi, il ne ferait pas le singe au bout d'une corde !

Si Dole a été la ville de mes plus riches vacances, elle allait être aussi celle de mon apprentissage. Les deux années les plus dures de ma vie, et, pourtant, si j'avais à revivre deux années, c'est sans doute celles que je choisirais car elles furent le temps de la découverte. Découverte de la saloperie humaine face à un patron qui était une brute, qui est allé jusqu'à me cracher au visage, mais découverte aussi de l'entraide, de la solidarité ouvrière, de la lutte pour la liberté.

Quelques jours avant mon entrée dans cette maison, ma mère et ma tante me conduisirent à Dijon pour m'habiller en pâtissier. Acheter des pantalons, des vestes bleues et d'autres blanches, des toques, des espadrilles et des galoches. Quelle joie et quelle fierté ! Je devenais un homme. Mon père m'avait refusé les Beaux-Arts. Pas à discuter : tout ce que tu veux mais pas la peinture ! Et, fièrement, j'avais refusé d'autres études pour me tourner vers le travail manuel.

Durant longtemps, j'ai été persuadé que l'enseigne du magasin où l'on m'avait habillé me collait à la peau comme une teigne : « Au Pauvre Diable ». Ça ne s'invente pas ! C'est parfois assez lourd à porter et je me demande si ma mère n'a pas, durant ses dernières années, été elle aussi poursuivie par ces trois mots, avec la certitude que son fils resterait toute sa vie un pauvre diable sans le sou.

Mais, avant de disparaître, mes parents allaient connaître ces années noires dont Jean Guéhenno a si bien parlé dans son *Journal*. Mon père allait manger ce pain à la sciure de bois qui le révoltait. Ces années-là, les avaient-ils senties arriver ? Les gens de leur condition, qui vivaient sans beaucoup d'informations, avaient-ils mesuré ce que la montée du nazisme représentait pour l'Europe ?

Durant les années trente, nous regardions une ou deux fois par semaine le passage du

Zeppelin. Cet énorme cigare naviguait assez haut et volait relativement vite. Je crois me souvenir qu'il reliait l'Allemagne à l'Amérique du Sud. Il arriva qu'un de ses moteurs étant fatigué, le gros dirigeable survola notre pays très bas et très lentement. Bien entendu, tout le monde était dehors pour le contempler. Les gens criaient :

– Regardez, on voit les voyageurs ! On voit le pilote !

Et les anciens de 14-18 hochaient la tête en grognant :

– Les Boches préparent une autre guerre. Leur panne de moteur, c'est de la blague. Ils sont en train de prendre des photos. Ils vont tout repérer.

Nous n'avons jamais su si cette panne était une blague ou une réalité, mais l'idée de la guerre était là. Hitler tenait une grande place dans notre vie et, si certains riaient de ses hurlements déments, bien des gens sentaient la peur les gagner lorsque les journaux montraient le défilé de ses troupes et de ses tanks.

Et les hommes sérieux murmuraient :

– Tout ça ne sent pas bon. Ces nazis sont en train de nous préparer de grands malheurs.

LORSQU'ON a une nature de romancier, il est très difficile d'être un bon mémorialiste. Pourtant, ici, j'ai tout fait pour museler mon imagination et m'efforcer de me souvenir. J'ai tenté de me retourner, de regarder le chemin parcouru où les herbes du temps ont poussé et fané en laissant subsister quelques fleurs au parfum de jadis. Les cueillant comme ma mère coupait les roses de son jardin, j'ai tenté de les rassembler en évitant de trop y mêler les ronces qui risquaient d'en ternir le frêle éclat. Certes, je sais bien que les heures sombres demeurent, mais j'ai voulu les oublier un peu pour que les bons moments dominent ce qui risque toujours de noircir la vie.

Door House, hiver 1986-1987
Vufflens-le-Château, mars 1999

DU MÊME AUTEUR

Aux Éditions Albin Michel

ROMANS

LE ROYAUME DU NORD :
1. Harricana ;
2. L'Or de la terre ;
3. Miséréré ;
4. Amarok ;
5. L'Angélus du soir ;
6. Maudits Sauvages.

Quand j'étais capitaine.
Meurtre sur le Grandvaux.
La Révolte à deux sous.
Cargo pour l'enfer.
Les Roses de Verdun.
L'Homme du Labrador.
La Guinguette.
Le Soleil des morts.

JEUNESSE

L'arbre qui chante.
Le Roi des poissons.
Achille le singe.

Chez d'autres éditeurs

ROMANS

Aux Éditions J'ai lu

Tiennot.

Aux Éditions Robert Laffont

L'Ouvrier de la nuit.
Pirates du Rhône.
Qui m'emporte.
L'Espagnol.
Malataverne.
Le Voyage du père.
L'Hercule sur la place.
Le Tambour du bief.
Le Seigneur du fleuve.
Le Silence des armes.

LA GRANDE PATIENCE :

1. La Maison des autres ;
2. Celui qui voulait voir la mer ;
3. Le Cœur des vivants ;
4. Les Fruits de l'hiver.

LES COLONNES DU CIEL :

1. La Saison des loups ;
2. La Lumière du lac ;
3. La Femme de guerre ;
4. Marie Bon Pain ;
5. Compagnons du Nouveau-Monde.

L'Espion aux yeux verts (nouvelles).
Le Carcajou.

ALBUMS, ESSAIS

Je te cherche, vieux Rhône, *Actes Sud.*
Arbres, *Berger-Levrault*
(photos J.-M. Curien).
Bernard Clavel, qui êtes-vous ? *J'ai lu*
(en coll. avec Adeline Rivard).
Léonard de Vinci, *Bordas.*
Le Massacre des innocents, *Robert Laffont.*
Lettre à un képi blanc, *Robert Laffont.*
Victoire au Mans, *Robert Laffont.*
Jésus le fils du charpentier, *Robert Laffont.*
Fleur de sel (photos Paul Morin), *Le Chêne.*
Contes espagnols, *Choucas*
(illustrations August Puig).
Terres de mémoire, *Delarge*
(avec un portrait par G. Renoy, photos J.-M. Curien).
L'Ami Pierre, *Duculot*
(photos J.-Ph. Jourdin).
Bonlieu, H.-R. *Dufour*
(dessins J.-F. Reymond).
Le Royaume du Nord, album
(photos J.-M. Chourgnoz)
Célébration du bois, *Norman C.L.D.*
Écrit sur la neige, *Stock.*
Paul Gauguin, *Sud-Est.*

JEUNESSE

A. Kénogami, *La Farandole.*
L'Autobus des écoliers, *La Farandole.*
Le Rallye du Désert, *La Farandole.*
Le hibou qui avait avalé la lune, *Clancier-Guénaud.*
Odile et le vent du large, *Rouge et Or.*

Félicien le fantôme, *Delarge*
(en coll. avec Josette Pratte).
Rouge Pomme, *l'École.*
Poèmes et comptines, *École des Loisirs.*
Le Voyage de la boule de neige, *Laffont.*
Le Mouton noir et le Loup blanc, *Flammarion.*
L'oie qui avait perdu le Nord, *Flammarion.*
Au cochon qui danse, *Flammarion.*
Légende des lacs et rivières, *Le Livre de Poche Jeunesse*
Légendes de la mer, *Le Livre de Poche Jeunesse.*
Légendes des montagnes et des forêts,
Le Livre de Poche Jeunesse.
Légendes du Léman, *Le Livre de Poche Jeunesse.*
Contes et Légendes du Bordelais, *J'ai Lu.*
La Saison des loups, *Claude Lefranc*
(bande dessinée par Malik).
Le Grand Voyage de Quick Beaver, *Nathan.*
Les Portraits de Guillaume, *Nathan.*
La Cane de Barbarie, *Seuil.*
Akita, *Pocket Jeunesse.*
Wang chat tigre, *Pocket Jeunesse.*
La Chienne Tempête, *Pocket Jeunesse.*

La plupart des ouvrages de Bernard Clavel ont été repris par des clubs et en format de poche.

La composition de cet ouvrage
a été réalisée par
I.G.S. - Charente Photogravure à l'Isle-d'Espagnac,
l'impression a été effectuée
sur presse Cameron dans les ateliers de
Bussière Camedan Imprimeries
à Saint-Amand-Montrond (Cher),
pour le compte des éditions Albin Michel.

Achevé d'imprimer en mai 1999.
N° d'édition : 18249. N° d'impression : 992210/4.
Dépôt légal : juin 1999.